我的动物朋友

奶牛的秘密生活

〔英〕罗莎曼德·扬 著
Rosamund Young

王雪纯 译

人民文学出版社
PEOPLE'S LITERATURE PUBLISHING HOUSE

著作权合同登记号　图字 01-2018-6376

图书在版编目(CIP)数据

奶牛的秘密生活/(英)罗莎曼德·扬著；王雪纯
译.—北京：人民文学出版社，2020
　(我的动物朋友)
　ISBN 978-7-02-014810-3

　Ⅰ.①奶…　Ⅱ.①罗…②王…　Ⅲ.①散文集-英国
-现代　Ⅳ.①I561.65

中国版本图书馆 CIP 数据核字(2019)第 010700 号

责任编辑　卜艳冰　周　洁
装帧设计　李　佳

出版发行　人民文学出版社
社　　址　北京市朝内大街 166 号
邮政编码　100705
网　　址　http://www.rw-cn.com

印　　刷　上海利丰雅高印刷有限公司
经　　销　全国新华书店等

开　　本　890 毫米×1240 毫米　1/32
印　　张　3.75
字　　数　111 千字
版　　次　2020 年 8 月北京第 1 版
印　　次　2020 年 8 月第 1 次印刷

书　　号　978-7-02-014810-3
定　　价　45.00 元

如有印装质量问题，请与本社图书销售中心调换。电话:010－65233595

肥帽子（最初叫哈莉特，更喜欢男人）

朗尼　　　　　博内特　　　　　蓝恶魔
　　　　　　（对苹果　　　　（特别专横）
　　　　　　充满热情）

杂色博内特　　　小博内特　　　彼得·博内提　　　金色博内特
（非常聪明）

七月博内将　　　圣挺博内特　　　司马士

沃里克伯爵　　　德军主教（纪念善良的、　　兰开斯特公爵　　　红朗姆
　　　　　　　　开明的牧师大卫·詹金斯）

稻草帽　　　　　　　　　　肥帽子二世
　　　　　　　　　　　　　（谨慎又记仇）

约克公爵　　　黑帽子一世　　　黑帽子二世　　　简·爱
（像猫一样　　　　　　　　　　　　　　　　　（一出生就
舔水）　　　　　　　　　　　　　　　　　　成了孤儿）

红帽子公爵　　　黑帽子先生　　　黑帽子二世先生

红亚岱尔　　　唐纳德

小简　　　罗契斯特　　　波派特　　　罗契斯特二世

一本引人深思的可爱小书，关于奶牛的智慧。

詹姆斯·里班克斯（《放牧人生：湖区故事》作者）

畜生也知道，谁是他们的友人。

莎士比亚《科利奥兰纳斯》第二幕第一场

人们惊奇地看到一个电视节目在讲大象的社交生活——他们的家族、情感、互助，以及快乐体验——却没有意识到，如果我们给家养奶牛这样的机会，那么她们也可以拥有相似的生活方式。

乔安妮·鲍尔，农场与食品协会

在我儿时最早的记忆里，父母给我讲过很多"故事"，这些故事与奶牛、猪、母鸡或者野生鸟类有关。我希望能在这本书中将这些口头传统延续下去。

罗莎曼德·扬

写于鸢巢农场

作者的话

　　我整理这本书的时候，想过书都是有章节的。然而，我写的这些逸闻趣事总是互相交织，形成整体的叙事，因此独立的章节没有必要，有点多此一举。不过，我在各部分之间写有标题，引导读者阅读。这次再版，让我有机会更新了一些内容。

目　录／

导　言

你也许觉得几头奶牛和小牛一起玩耍、互相梳洗，或者突然剑拔弩张是稀松平常的事。不过，你要是知道他们之间的关系是兄弟姐妹、好朋友或者死对头，再来观察他们的行为，感受就会完全不同了。你如果把动物当作个体来了解，那么就会注意到哥哥是不是常常对年幼的弟弟妹妹非常友善；姐妹们如何寻求或者避开彼此的陪伴；哪些家人晚上总会聚集在一起睡觉，哪些从来不会。

奶牛和人类一样各不相同。有的聪明，有的反应慢，有的友善、体贴、好斗、温顺、有创造力，有的木讷、骄傲、羞涩。所有这些特点在一个比较大的牛群中都存在。很多年来，我们都坚决把动物当作个体来看待。

我父母凭自己的本事，从一九五三年开始从事畜牧业。当时，我弟弟理查德差不多三岁，我十二岁。刚开始，父母有五头奶牛，还有一辆老旧的拖拉机，没有电，更没有电话。

父母渐渐地积累起一群纯种苏格兰艾尔郡乳牛，还有威赛克斯白肩猪。那片土地上有着数不清的兔子，农作物几乎无法生长。

那时候，财政激励取决于是否集约化，政府部门对于农场主公开施加压力，要求他们使用各种现代辅助设备。父母的直觉是要采取有机饲养的方式。他们之前连什么是有机饲养都没听说过，就渐渐地与官方路线背道而驰了。从一开始，他们就有强大的决心，要让他们饲养的动物过上舒适又有尊严的生活。

在我儿时最早的记忆里，父母给我讲过很多"故事"，这些故事与奶牛、猪、母鸡或者野生鸟类有关。我希望能在这本书中将这些口头传统延续下去。

奶牛是个体，绵羊、猪、母鸡，我想就连地球上所有我们未曾注意、未曾研究或未曾赞颂的生物也都是个体。当然，有些人会争辩说，这对于猫、狗和马来说确实没错。如果农场上的哪只动物因为生病、发生意外或者失去亲人而被当作宠物来对待，那么他都会展现出超凡的智力、强烈的情感以及对异常状况的适应能力。或许一切最后都归结于与其相处的时间——或许对于人类来说也是如此。

一个人要是只饲养几只动物，毫无疑问会把他们看成个体，或许可以对他们性格比较好的方面以及特别的习性侃侃而谈。而农场里的动物通常都是大群饲养，但这并不代表个体就不存在了。他们的智力水平就像人类的一样，是各不相同的。

没有哪个老师希望自己班级里所有的学生都一模一样。没有人希望创造一个所有人都穿着同样的衣服、拥有相同爱好的社会。只是我们还没有聪明到可以发现每一只蚂蚁、每一只蝴蝶、每一只黄鹂或者每一头奶牛之间有什么区别，我们不能就此断定区别不存在。

无论是动物还是人类，如果被迫居住在一种非自然的、拥挤的、毫无特色的、受管制的或者非常无聊的情境之中，都会失去特性，或者变得制度化。在这种状况下，也无法证明所有的个体都相同，或者愿意被如此对待。

很多人用人类的标准来判定不同物种之间哪一类智力比较高。然而，人类的标准和其他物种的标准有什么关系呢？我们必须相信，每一种动物都有无限的能力体验各种各样的情绪，只是要依靠他们自己的标准来判断。如果一头奶牛的智力足以让她在奶牛之中成为成功者，那她还有什么不满足呢？

如果一头小牛想吃干草，却总是被比他高大强壮的牛推开，然后他发现挤在母亲的下巴下面就能安心地吃，依我看来，这个例子就证明了小牛有用的实践性智力。要是教这头小牛用鼻子按一个按钮开门有什么结果？什么也不会发生。

通过一辈子对牛的观察，我见证过很多令人惊讶的例子，它们都可以证明牛有着合情合理的实践性智力，也有一些例子证明牛很蠢，这两种特点从人的身上也都可以看到。牛只需要处理日常生计，有问题出现，就设法解决。重要的是，他们应该得到一些资金，好在动物的圈子里取得成功，而不是被当作人类不够优秀的仆人。

我注意到《恒星和犁沟》杂志中曾发表过一个观点，如果限制一头奶牛自由行动，那么几代之后，她的后代脑部尺寸将会缩小百分之三十。有趣的是，这与我们自己观察到的现象是一致的。二十世纪七十年代，我的父母就注意到他们饲养的奶牛的额头变得更宽大，看起来行为举止更聪明了，实际上也确实如此。差不多十年或十五年之后，有一个科学家颇为偶然地来拜访我们，他在这片区域一个最大的动物园工作。在发现第一例疯牛病①之前二十年，他就已经把所有的时间都花在研究上，更确切地说是测量动物死尸的颅骨。他记录了这个过程中大脑尺寸不间断的萎缩，得出的结论是：这完全是由喂给这些动物的食物造成的。在他的描述中，这些食物令人作呕，或许会感染疯牛病。我现在认为对动物的圈禁，可能也是同等重要的原因。

肉质也受伙食和自由影响。相对于密集饲养的动物来说，那些饮食范围较广的动物肉里含有的"奥米伽3"多元不饱和油更多，脂肪蛋白质比更低。

如果一个孩子生活在拥挤、不友好的环境之中，被剥夺和父母、兄弟姐妹待在一起的权利，活动受限制，每天都吃一样的东西，那么谁也不会期待这个孩子能够正常地成长。然而很多农场主以及告知他们的相关部门似乎期待着动物在这样的环境下还能正常成长。

很多年来，我们注意到，如果你给予奶牛机会和时间，让她们在几种选项之间做出选择——比如是待在外面还是躲进棚子里，是在草地上、麦秆上还是混凝土上走路，或者有机会选择自己的食物——她们就会选择对自己最好的选项，而且不会一直做相同的选择。

母鸡喜欢跑来跑去，去探究所有会动的东西，在阳光下舒展翅膀，整理自己的羽毛，在尘土中沐浴，绝不是被限制在狭小的笼子里

---

① 疯牛病，又称为牛海绵状脑病，是动物传染性海绵样脑病中的一种，以潜伏期长、死亡率高、传染性强为特征。

或过度拥挤的建筑物中。有人说，即便把大门敞开，"在农场自由放养的"母鸡也不会到外面冒险。你要是意识到外面常常没有足够的草值得出去，或者在大群体里处于啄序①最底端的母鸡出去冒险可能会感到胆怯、害怕，就会发现这种说法根本毫无根据。

虐杀农场动物的根源在于宣传、风俗和对于传统的盲目跟风，无论出于何种理由，这都不是正当的行为。把小猪的尾巴剪短、牙齿割断，切去家禽的嘴尖，或者把绵羊的尾巴剪短，都不可原谅。

如果猪或者母鸡互相撕咬，那是因为他们不开心；如果羔羊的尾巴弄得很脏——我曾亲眼看到处理蝇蛆的绵羊有多痛苦——应当寻找原因对症下药，不该用切除他们的尾巴这种方法来解决。

让动物感到快乐，允许他们表达自然行为本能，不仅从道德上和伦理上十分必要，而且具有经济价值。快乐的动物长得更快。

处在压力之下的孩子比那些快乐和放松的孩子吃得少，睡眠时间也短。不开心的孩子会产生一些实际的或者想象的疾病，比如头痛、湿疹或体重问题。改善生存条件可以减轻或消除压力。环境、饮食的改变，更多的理解和爱都可以发挥作用，对于动物也是如此。

相信任何人造环境可以和自然环境相同，甚至比自然环境更好，这是非常不合时宜的自负。小猪通常在极为年幼的时候就被断奶，然后转移到看起来温暖安全的住处。没有任何人造环境能够实现自然环境所提供的那种安心、稳定、关怀、陪伴和合适的食物。结果，就是因为这一点，他们经常会生病，开始使用抗生素治疗。

---

① 啄序，啄食的顺序。群居动物之间存在社会等级，需要通过争斗获取进食的优先权。

人们越来越多地从产量来衡量畜牧业的成功。如果一只雌性动物在很短时间内就生育很多后代，那么就被认为很成功，而这个高产量的数字就被记载了下来。然而，有一个事实未被考虑在内：一个经常怀孕的母亲寿命可能会缩短，也因为这种非自然的、被迫的断奶策略而无法将自己积累的智慧传授给下一代。这就会导致下一代智力更低，可能无法做好充分的准备来面对成熟，当她们自己生育后代的时候也无法适应母亲的身份。这种畜牧方式是比较短见的。

爱因斯坦曾说过："唯一真正有价值的是直觉。"本能和直觉是任何生物所掌握的最有用的工具。然而，事实上所有集约化农场的动物进取心都被无情压制，所有生长的可能性都被阻碍。我们抑制动物和孩子的本能，对于整个社区来说风险极高。

无论何时，当对于利益的追逐导致集约化的时候，动物是最深受其害的。因为过度拥挤、居住面积不足、食物不充足或危险的食物质量，动物经常会生病并加重病情。在这些体系之下产生的居住条件会导致压力的产生，而人们广泛认为，压力荷尔蒙的产生将会削弱免疫系统的功能。

如果在一个地方，动物有着充足的生活空间，不需要争抢食物，可以自由漫步，尤其是可以过群居生活，而群体中成熟的动物居多，那么他们就可以产生对肺虫和胃虫的免疫力。这些动物不需要打虫药了——打虫药可能会降低动物对寄生虫感染的自身免疫力，还可能残留在肉和奶中。

在那些把动物按照年龄或体格进行分组的农场，动物被剥夺的不仅是健康，还有年长动物的陪伴。而在一个更加自然的环境里，他们可以从年长动物身上学习。很多牛过着完全非自然的生活，奶牛更是被虐待的动物。奶牛经常被认为只是用来产奶的，因而以这样的方式来饲养她们只是为了增加产奶量——经常喂以高蛋白食物，压根不考虑奶牛的喜好、身体以及饮食的需求，也不考虑她们的舒适和长远的健康。小牛一出生就被带离母亲身边，用各种非自然的方式饲养，甚至直接被枪毙。他们经常被喂以一种代乳食品，而不是奶牛的奶——而吃奶本来应该是小牛与生俱来的权利。小牛常常被不适当地关在狭小、独立的牛圈或者狗窝里，与族群的其他动物毫无机会交流。这些牛圈往往盖有顶棚，剥夺了小牛享受新鲜空气、阳光和自由活动的权利。饲养制度被人类蛮横地强加在小牛身上，连小牛吃喝的权利都被剥夺了。

跛脚（通常是慢性的）困扰着很大一部分奶牛，她们大部分时间在不合适、不舒服的地面上行走和站立。处于疼痛中的奶牛吃得也少，很快就变得无法生育，结果就会从牛群里被剔除。

很多奶牛被长久地关在室内，通常一大群被关在一座所谓的大型奶牛饲养场里。在这些系统之下饲养的奶牛通常无法吃到牧草，甚至连牧场也看不见，她们连这片圈禁她们的地方都没有离开过。这些奶牛所产的奶的质量就比较可疑了。她们的生活质量说得好听点是非自然，说得难听点根本无法忍受。

在我们鸢巢农场，小牛可以一直和母亲待在一起，想待多久就待多久。他们可以吮吸母亲的奶汁至少九个月，实际上直到母亲的奶汁干涸，他们就会自动断奶。这通常发生在下一批小牛到来前的一到三个月。一九五三年，我们给一群商业化的纯种苏格兰艾尔郡乳牛挤奶，但到一九七四年，我们不仅意识到牛奶产量的利润不大（即便工作很辛苦），而且我和父母还有弟弟开始严重质疑这种系统是不是真的让我们感到高兴。我们决定改成单独哺乳模式，也就是每头奶牛只喂养自己的小牛。

二十世纪八十年代有一个重要的转折点，一头特别聪明、特别讨人喜欢的小公牛烈骑到了要离开农场在市场销售的时候了。我们都知道我们会如何想念他，而且不禁开始细想他接下来的家会是什么样子：他是不是会走很远的路，会不会又渴又饿，会不会被友好地对待。从那天起，我们决定在自己的农场商店零售牛肉，这样我们就能够掌控生产的每一个环节，能够准确地知道这些动物一生当中被喂养了哪些食物，好让客户安心。二〇一二年，我们开始饲养一群商业化的绵羊，现在也销售羔羊和羊肉。

大多数小牛要喝奶的时候，都知道去哪里寻找，也知道如何吮吸。不过有时候，在最开始，他们需要我们的帮助。如果奶牛产犊没有困难，相对不那么痛苦，那么小牛就可以在一个"正常"位置吸奶。相反，如果产犊过程比较艰难、比较痛苦的话，奶牛好像觉得新生儿要对这疼痛负责一样，只允许他们从背后吸奶，处于奶牛的视线之外。

小牛一起玩耍，不断地互相模仿、学习。他们会知道哪里能够找到最好、最甘甜的水源，以及如何啃食灌木篱墙上的嫩芽。就像猫、狗和人类一样，我想每一种生物都是如此，小牛也要学习辨别谁才是可以信任的人。一头小牛只会在一头年长的动物鼻子下安顿下来，只要他知道自己在这里不会受欺负。有些牛科动物非常专横跋嚣。他们似乎需要保持支配地位，即便只是无缘无故地轻轻推别人一下。其他动物则天性温和。牛群中的所有事情归根结底都关乎个体：一头被截去角的牛常常只用一个简单的眼神就能威慑另一头有角的牛。

奶牛和小牛每天的生活有很多种方式，就像人类母亲和孩子一样。他们有些互相之间产生了非常亲密的关系，小牛有好几个月不会单独行动。也有很多小牛刚出生一两天就和其他小牛结下牢固的友谊。通常情况下，这种依恋可以弥补他们对于父母的感情，不过实际上几乎完全取代了这种感情，比如"白小伙们"（参见第四十六页）只有在想喝奶或者想被梳洗的时候才理会他们的母亲。

这些奇闻逸事中的所有奶牛和小牛拥有非常多的自由，无论是选择待在室内还是室外都未被阻止过。他们也随时能找到食物和水。

对动物进行不必要的圈禁和非自然的对待等行为都不可原谅。拥有充足自由的农场动物可以为自己选择有治愈作用的药草和没有压力的生活方式，根本没有必要进行常规药物治疗。我们的动物确实会寻找他们需要的植物。牛科动物在秋天会定期采摘黑莓，在春天会嚼山楂树的嫩叶和嫩枝，要是有机会，还会去嚼白蜡树和柳树的树叶。一些牛科动物会去寻找野生百里香和酢浆草，而另外一些，根据她们妊娠的阶段，会在一年中的几个特定时间吃大量的异株荨麻。绵羊会吃蓟和酸模的叶子，随心所欲地选择是否狼吞虎咽。诗人约翰·克莱尔在《牧羊人的日历》中写道："驴……热切地弯下腰来 / 把萌芽的蓟拔起。"酸模的根扎得很深，叶子含有重要的矿物质和其他微量元素，而这些成分很难从扎根浅的植物中得到。

我们认定，动物本身是目前为止最有资格决定他们自身福利的个体。我观察到、学习到，并在这里写下的就是他们所做出的决定，以及一些或平淡乏味或非凡离奇的事件。

农场主对于他们的动物有着非常清晰的道义上的责任，不过很有意思的一点是，散养动物的肉实际上味道更好。很多人，包括很多医生都认为这样的肉对身体更有益。

詹姆斯·鲍斯威尔写《约翰逊博士传》时，问道："在文学的田野里自由遨游和聚焦于一个单一的点上，哪一种才会让思想更丰富？"并进行了以下类比："散养动物的肉比那些被圈养动物的肉风味更佳。"

在萨克雷的《名利场》中，斯泰因勋爵在和国王吃羊颈肉的时候说："圈养的肥牛肉往往不及素菜香。"

到了更现代一些的时代，彼得·曼斯菲尔德博士对于脂肪在人类饮食当中扮演着什么样的角色，以及它对心脏疾病患病率的增加有无影响进行了评估。他在作品《化学儿童》①当中写道：

> 错误的是脂肪的种类而不是数量，这个建议看似更加合理……我们已经从对祖先的习惯的反思中学到了很多，很多祖先靠吃肉才变得健壮。不过，他们饲养的动物都非常健康，一年四季都有充足的食物。这些动物不仅吃鲜嫩青绿的草，也吃几个月之后结籽的草。只要够得着，还吃树叶和嫩芽。现在要是有这样

① 该书讨论化学污染物如何破坏环境，并可能导致儿童哮喘、过敏、糖尿病、多动症、精神疾病和其他慢性病的患病率增加。

的机会，他们还是会这样。但是树生长得很慢，而且……如今牧草周围通常都围上了篱笆墙。草地无法结籽……所以现代的动物相比他们的祖先，饮食种类更少……完整的种子和深绿色的叶子明显不足。在过去，这曾是两种特殊脂肪酸的主要来源，这是他们在其他渠道无法得到的：亚麻油酸和亚麻酸……没有这两种脂肪酸，动物就无法生长……现代饮食的脂肪成分显然非常重要，也被证明与现在很多困扰我们的情况有着相关性，无论是过敏症还是各种硬化症……不是出于健康的目的喂养动物，时常会被证明不太健康……如果从健康方面而不是数量方面来说，它们（肉）长得很慢，那么我们所面临的那些直接的或者潜在的危险就会少很多。

饲养和照料母鸡的集约系统和有机系统区别极大，而且这种差距也在日渐拉大。比如说，一只注定要成为星期天烤肉大餐的幼禽在有机系统中将会在八十天内达到目标体重，而在集约系统中只需要四十二天。集约系统饲养的禽类的食物中会被定期添加抗生素，以防止他们因过度拥挤或非自然的生活环境而死亡。他们被禁止享受新鲜空气和阳光，被密集地塞在一起，运动对他们来说几乎不可能。而因为食物中不断被添加了促进生长的抗生素，他们的骨头无法支撑自己的体重，这就导致了骨折的高发。过重的体重和畸形的生长使他们无法栖息在栖木上，只能待在浸满氨水的粪堆里，而这些粪便灼烧着他们的脚。

禽类应该被允许遵循自己的行为本能，以自然的速度生长，食用安全的食物，过上有尊严的生活。几乎所有为下蛋而生的小母鸡会被放置在孵化器上，养殖在人工控温的鸡圈里。大多数只能在"孵化点"和铁丝网笼子之间过着两点一线的生活。她们在这里消磨着时光，无法实现任何自然机能和本能，嘴被切掉，以防她们因为无聊而去啄同牢房的难友。

自然情况下的母鸡产下一窝蛋之后，会坐在上面，直到鸡蛋全部孵化。然后，她可以教会小鸡该吃什么，以及如何寻找食物。她可以看管、帮助和保护小鸡，时不时地与他们说话，时不时地警惕着危险，而一旦发生危险，她就会立刻将小鸡们围拢在一起，迅速将他们藏起来。有研究表明，离开母鸡单独饲养的小鸡更为好斗。

母鸡如果健康、开心，羽毛就会闪闪发光，眼睛就会明亮而充满警惕，她们整天会像蜜蜂一样忙碌：啄食、吃草、猛击、拖拽、奔跑、探查、挖土、玩耍、歌唱，心满意足。如果她们无法找到需要的东西，而旁边正好有她们认识并信任的人类，她们就会靠过来，更大声地歌唱，直到引起人类的注意。然后就轮到人类来弄明白她们到底需要什么了——这通常不是很难。

母鸡如果不开心、不健康，羽毛就会暗淡无光，她们就不会歌唱，还会经常脱毛。她们站立的时候，身子会隆起，还可能变得过于怯弱或者过于具有侵略性。要想实现并维持母鸡的健康，就需要给予她们所需要的东西，而如果剥夺这种需要，就会导致她们身体不适。由此看来，当母鸡和猪被限制在较小的空间，没有权利选择吃什么的时候，他们就只能吃提供给他们的食物，以便继续活下去，即便日子无聊又让人泄气。如果一头奶牛或一只绵羊被限制在一个同样小的地方，我真不敢想象他们该如何去应付，也许根本无法应付。

人们广泛接受的看法是，类似猫、狗、马这样的动物通常不会大量饲养，因此会得到个别的关照，他们就可以表现出无聊或郁闷、憔悴或悲伤，可以流露出感觉不太好的迹象。而母鸡总是被大群饲养，根本无法监视每个个体，于是人们通常认为，因为她们无法引起农场主的注意，所以没什么要紧的感受。

假定动物根本没有感受，我们可能更轻松些。这样他们就可以被用作利益生成器，而他们的实际需求不会得到任何关心，因为并不值得满足他们的需求。高兴的动物会长得更快，更能保持健康，所产生的问题也相对较少。如果把人类健康还有环境等因素都考虑在内，从长远来看也能够得到更多的收益。W. H. 哈德逊说："请记住……如果动物不开心，那只会是人类造成的。"

牛科动物的需求其实从各方面来说和人类一样：没有压力，拥有合适的住所，干净的食物和水，运动和闲逛的自由，可以去散散步，或者只是站着发呆。每只动物都需要来自他们自己种族的志趣相投的伙伴。奶牛需要被允许以她自己的方式在她想要的时间享受她自己的"权利"，而不是根据人类的时间表来安排。

一头小牛的需求和一个小孩一样多。很多人认为孩子需要一个温暖舒适的稳定环境，需要好的服饰和饮食、有趣的娱乐活动、同龄的朋友，还有监护他们的大人，最重要的，还要爱他们。如果一个孩子像动物一样被忽视、营养不良、孤独、担惊受怕，那他如何能够成长为一个神智健全的大人呢？任何生物的食物质量和生活环境都将决定他们未来生命的可能性。

科学家经常把猪描述成聪慧的动物，确实是这样。将他们圈禁，禁止他们筑窝和待在泥土里是非常不公平的罪恶行为。集约系统将他们从温和、高兴的动物变成了狂暴、危险、焦躁的动物，但是他们依然是聪慧的个体。

人们通常认为绵羊笨或傻，其实当然不是这样。乔治·亨德森在《农业阶梯》中非常敏锐地观察到："与通常的观念恰恰相反，绵羊是目前为止农场动物中最聪明的。"我曾经得到过一只孤儿绵羊，给她起名艾伦。她被带到这里来的时候才两个小时大，从母亲那里喝过初乳，而她的母亲没有足够的奶喂养两只小羊。带她来的那个农场主声音粗哑，很有辨识度。六个星期过后，他再次拜访，艾伦认出了他的声音，朝他跑了过去。几年后，我撞伤了膝盖，只能痛苦地跳着走的时候，她从食物旁边跑开，来到我的身边，流露出明显的同情。虽然膝盖还是很疼，但直到我让她相信我的膝盖不疼了，她才回去继续吃东西。

从财务的角度来看，在各种各样的因素下，饲养一大群绵羊才有必要。当成百上千只绵羊被饲养在一起时，辨别任何个体的特性几乎都不可能，不过你如果有幸可以只饲养一小群羊，那么就可以看到个性的产生和发展。

所有动物的行为和健康都受他们获得的食物质量和所经受的压力影响。压力也可能由食物本身产生。用于生长中的庄稼的任何一种化学制品，或者应用于终端产品的任何单一添加剂或许无害，可是到最后都是作为食物一起被吃下去的，同时消化几种非自然物质对于健康到底有什么影响，我们大部分还无法得知。现在英国有很多集约系统下养殖的动物是吃转基因大豆长大的，到底会不会产生附加的问题，只能等时间来说明一切了。

当需要争夺食物的时候，相对弱小的绵羊通常无法得到充足的食物，将会遭受更多压力，这样就会有生病的风险。要是羊群规模很大，就很难对生病的绵羊单独治疗，只能采用大规模治疗，通常都是预防性的。这对于牧羊人来说会比较容易，但增加了每一只动物接受的药物量，这也是导致动物抗药性增强的一个原因。

有些人认为牛肺结核是由獾引起的，在处理压力的问题时，这种观点会浮现在我们的脑海中，而这也可以作为一九九九年下议院农业委员会研究獾和牛科动物肺结核的证据："集约系统下的牛群面对的状况与那些造成世界最贫穷、最拥挤地区人类肺结核传播的状况相差无几。"

我们试图在这座农场创造一种环境，给予所有动物选择与我们交流或者远离我们的自由。

一头奶牛或一头小牛，或者两者一起，看起来似乎是世俗的、日常的存在，或许并不能引起每个人的好奇。不过，这些真实的故事能够让读者一瞥普通牛科动物的生活，看看他们如何日常起居，并且揭示出他们的生活像我们自己的一样充实而多彩。即便为了维持生命，一天大部分时间都花在干活（也就是吃）上，他们可以也总能够找到时间来进行一些业余活动，比如替朋友照看小牛、采摘黑莓、踢打一棵树或土堤、与一群小家伙或者狐狸玩捉迷藏，或者与女儿一起安静地讨论即将到来的产犊，这些都是我们多年来观察到的。这本书精选了一些故事，记录了一个迄今仍是秘密的世界。

我按照真实情况原原本本地讲述这些故事，当然对于这些"角色"行为的解释是我自己想的。还有，我在讲到奶牛的时候，故意用了人称代词，因为我认为她们就应该如此。

奶牛的秘密生活

我们总是为我们的那群奶牛感到骄傲。我们为她们挤奶，喊她们的名字，轻轻抚摸她们，通常也能享受她们的个性。不过直到我十三岁的时候，才意识到她们是互相喜爱的。

一九六八年，我们凭着一群纯种苏格兰艾尔郡乳牛进入奶牛畜牧业。我们在六千米以外一片未被损坏的陡峭山坡上租下三座牧场，并且租用了一辆卡车，将那些不产奶的奶牛和小奶牛拉去进行夏季放牧。她们在那里待了三个月，吃着茂盛的野草，喝着清凉的泉水，享受着美好的生活。留在原地的奶牛看起来似乎也和平时一样开心。当山坡上短暂的租期即将结束的时候，我们又预定了那辆卡车，在约定的那一天，把这群度假的奶牛拉回了家。

我相信，我们四个人都分别注意到，两个牛群团圆后的好几天，日光和月光这对母女，无论在院子里还是在牧场上都肩并肩讨论着过去的三个月，没有展露出任何情绪，仅仅为再次见面而高兴。

她们分开的时候并没有痛苦地怀念彼此。作为奶牛，日光并没有养育她的女儿，我们甚至不知道她们是否认识彼此，不过那种互相之间的情感表露开阔了我们的眼界，让我们看到了一个崭新的世界，一个牛科动物友好关系的世界。

一点智慧

威仔也是一头艾尔郡乳牛。威仔产下第二头小牛（一头矮胖的、漂亮的短腿紫砂色杂毛小奶牛，名字叫梅格）的时候，告诉女儿她是最棒的，而这头小牛也信任母亲。当冬天来临，泥巴就成了每天要面对的问题，梅格明确表示自己很讨厌把桃花心木色的蹄子弄脏。不知怎么，她设法成功登上了十几格石头铺砌的科茨沃尔德丘陵陡峭、狭窄的台阶，一直来到谷仓。在一个结霜的寒冷早晨，我们看见她在最高的台阶上打着哈欠，东张西望，看看是否值得起床，也就是从上面下来。她在木质的谷仓地板上度过了一个非常舒适的夜晚，远离了泥巴，也没有拖拽和欺凌。因为我们深知没有牛科动物能够爬上台阶，所以谷仓的门是敞开的。随后她教会了两个朋友同样的诀窍，我们常常把干草和水放在楼上供她们享用。

爱丽丝和吉姆

从一九七四年开始，我们就不再为了营利挤奶，开始允许奶牛抚养自己的小牛，不过我们依然给一两头奶牛挤奶，以满足我们自己的牛奶消耗。

一九九〇年，爱丽丝成为我们的家牛。在那段时间里，我们每天都带她散步、为她挤奶，发现她不仅非常聪慧、善良、温和，而且还很快乐。

爱丽丝个头很大，浑身黑色，有着宽大、聪慧的前额和黑亮的大眼睛，她很快就知晓了挤奶程序。我们一天只挤一次奶，因为目的是自给自足而不是量产。每天晚上，我们会有一个人走过去将奶牛带过来。这些奶牛几乎一直待在那座她们最喜欢的 L 形牧场里。那是农场最好的一片风景，比其他牧场都要平坦，一望无际，但是我们也不确定这样的景色是否与奶牛的偏好有关。从农家场院出发，你要一直走上坡，穿过胡桃树牧场，那里有五棵一百二十岁的胡桃树。到达坡顶的时候，那座 L 形牧场就延伸在你面前了。家牛多半都在我们目光所及的最远处。不过她们明白我们过来的目的，所以都非常开心地回到农场来了。

有时候，爱丽丝为了活跃气氛，本来还在我身边漫步，突然就加快速度，扬起蹄子，消失在视野里。我会继续和其他家牛一起缓步前行，然后在几百米之外，就能发现爱丽丝正跟我玩捉迷藏。她会尽自己最大的努力藏在一棵胡桃树后面，当然因为她体型太大，很快就意识到我已经看到她了，就又飞奔而去，藏在下一棵树后面，一直这样，直到我们到达奶牛圈。

爱丽丝不再做家牛之后，和她的朋友们在牧场休息了三个月。等她快要再次产犊的时候，我们带她去了畜棚，离我们近一些，以防她需要帮助。爱丽丝意识到我们来带她回家，看起来很高兴地顺从了。我们缓缓步行了四十五米左右后，她突然加速，冲向牧场的另一边。她飞奔到她的朋友托莉雅身边，告诉她自己要去哪里以及为什么要去，然后又一路小跑回到我们身边。我们平安无事地走完了这段路，第二天阿布就出生了，我们根本没帮什么忙。托莉雅一周后生下了歌莉娅，四头牛很快就与牛群汇合了。

接下来的一年里，爱丽丝又生下了吉姆。吉姆一身乌黑，只有尾巴是白色的。他的智商非常高。吉姆一岁时，他的双胞胎弟弟妹妹亚瑟和爱丽丝二世出生了。这时，吉姆无论是生理上还是心理上都断了奶，和朋友们一起到农场的其他地方去了。不过，他还是时不时地瞟一眼自己的母亲。当爱丽丝第一次将双胞胎带到阳光底下，让他们散散步、吃点草的时候，吉姆跳过围栏，半跑半走地过来向他们介绍自己。双胞胎太小了，还无法对吉姆产生真正的兴趣，所以他又转身小跑回去了。差不多才十二个小时大的亚瑟也决定跟过去。亚瑟的腿还站不太稳，不过他每走一步，那种不想被吉姆留在身后的决心就越来越大。我们看到亚瑟跟跟跄跄、蹒蹒跚跚地跟在他的大哥哥身后。吉姆来到围栏旁边，一跃而过，走开了。亚瑟用一种不敢相信的失望眼神注视着，将围栏从每个角度检查了一遍，最后才慢慢地回到自己的妹妹身边。

几个月之后，在阴郁的冬天，吉姆找到一条新路线，可以让每一天都过得更有意思一点。肥帽子二世和吉姆住在同一座畜棚里，照例，肥帽子二世只要想出去，就能得到允许。她总是前往青贮饲料那里，面朝饲料即兴吃上大约一个小时。吉姆不能理解为什么他就不能得到这样的待遇。仔细观察了几天之后，他想出一个法子，这让我们觉得又好笑又叹服。

我当时正和一个朋友站在厨房里，或许在喝茶，不过目光一定是朝着窗外的，我们看到吉姆走出畜栏，来到牧场。大门是敞开的，不过天气太冷了，也没有其他动物冒险出去。他一心离开自己的朋友和食物，前往樱桃树牧场。我突然知道他要做什么了，我给朋友做了一连串的解释，而吉姆继续走了一百米，然后一百八十度大转弯，踮脚跃过拦牛木栅，沿着屋门前的那条路，来到了肥帽子二世所在的青贮饲料堆放地。不用说，从那天开始，他也被允许沿着这条更短的路线走了。

母亲和女儿

奶牛和小牛之间的关系总是非常复杂难懂，也很有意思。有的母亲比较温和，将小牛差来差去，有些比较专横傲慢，还有的漠不关心。不过，或许更有意思的两个故事是关于多莉和多莉二世，还有斯蒂芬妮和奥丽薇亚。

斯蒂芬妮和她的女儿奥丽薇亚享受着正常的亲密关系，无论到哪里都形影不离，直到奥丽薇亚生下第一头小牛。当小牛即将出世的时候，斯蒂芬妮给了奥丽薇亚一些建议和安慰，并帮助她在清澈的流水边选了一个产犊的好位置。斯蒂芬妮就在近处却不打扰的五十米之外安顿下来。奥丽薇亚顺利地产下小牛，立刻就醉心于那漂亮的奶油色小公牛，我们给他起名为奥兰多。她将奥兰多舔舐干净，为他哺乳，非常简单地宠爱着他。斯蒂芬妮几个小时后也过来了，好让小牛认识认识。接下来的几天，她就在近处吃草，希望能成为三人组中有用又不可缺少的一部分。小牛在出生后的头几天要睡很久，外婆通常可以帮忙照看。有时候，不相关的奶牛也会被喊来照料小牛。一头牛一次同时照看几头小牛的情况很常见，但是这种工作的分配都是比较民主的，奶牛们轮流来做。

让人难过的是，奥丽薇亚并不想要斯蒂芬妮的帮助。她丝毫不想从奥兰多身边离开。吃草的时候，她尽可能地靠近他，他走动的时候，她也跟着。她甚至拒绝她的母亲为小牛梳毛，她不道德地忽视她的母亲。第四天的时候，斯蒂芬妮的耐心终于崩塌了。她感到伤心，也很诧异，于是跳过了最近的栅栏，朝着另外一座牧场走去，和她的老朋友们一起吃草去了。

据我所知，她们再也没有互相交流过。

多莉和她女儿就完全是另一种情况了。多莉是一头聪明的奶牛，已经相当老了。她的皮毛是深桃花心木色的，身材修长，爱干净，也非常聪明。多莉有很多头小牛，每一头都照料得很好。她有几个月每天给小牛吃二十升左右的奶，然后在九个月到十二个月的阶段渐渐减量，这样到了断奶的时候，小牛很自然地就将基本饮食转移到草上来了，也不再那么想念牛奶了。她每天要把小牛的皮毛彻底地梳洗一遍。她保护着他们，鼓励着他们，告诉所有孩子要提防人类。"他们和我们不一样，"她告诉他们，"他们偶尔有用处，尤其是冬天搬干草的时候，不过当然我们也没有义务对他们友善。"孩子们都很听从她的建议。

她最早的四个孩子都是公牛，他们的生活与我们孤立开来，或者更准确地说，根本对我们漠不关心。多莉的第五个孩子是奶牛，名叫多莉二世。

多莉二世非常漂亮。她的皮毛是金褐色的，和她的哥哥们比起来颜色相对浅一些。她有着鹿一般的大眼睛，亲切又容易信任别人。无论老多莉怎么说或怎么做，年幼的多莉二世都很喜欢我们，而且很高兴我们喜欢她。有时候我们抚摸着多莉的小牛，就感觉得到了鼓舞，想轻拍一下老多莉——一种祝贺似的轻拍。她会生气地甩一下头，仿佛我们忘记了规则一样。虽然我们很乐于得到大多数奶牛的信任，但我们还是很钦佩那少数完全独立于我们的奶牛。

多莉二世十五个月大的时候，她的母亲又生了一头小牛，和之前一样，她又完全投入了。多莉二世虽然没有完全被冷落，但也越来越多地被忽视，她逐渐明白自己已经成年了，得去结交自己的朋友，离开母亲，去做那些她擅长的事情。她发现交朋友其实很容易。

多莉二世快要生第一头小牛的时候，我们每天都去看她。接近分娩的那段时间，我们一天去两次，后来去三次。我们总是试图做到当有需要的时候随叫随到，即便这种情况很少发生。她感觉很好，也不理解我们为什么要频繁地来看她。

多莉二世产犊的时候，我们并未在场。到目前为止，她的生命不曾出过差错，而她也不期望出错。她没有选择一个开阔的、容易接近的地方生产，也没有走回家寻求我们的帮助，而是像很多年轻奶牛所做的那样，尽可能去了离家最远的地方安顿下来，四面被树篱和山丘挡住视线。

我们发现她不见了，就知道发生了什么，开始到处寻找她。这座农场如此之大，有太多地方可以藏身。要是你非常不幸地总是先去错误的地方寻找，那可能要花上好几年才能找到想找的东西吧。那天，我们有五个人参与寻找，每个人都按照特定的顺序前往不同的方向。

多莉二世最后在纪念碑牧场的山丘后面被发现了，景象非常凄惨。令人惊恐的是，她在毫无帮助的情况下付出巨大努力才产出一头个头过大的公牛，子宫已经错位。小牛生下来就夭折了。当我们发现她的时候，她躺在地上，已经精疲力竭。我们尝试着减轻她的痛苦。在等待兽医到来的时间里，我们给她喝了一些水（水对她的身体系统冲击更大），并给她盖了一条毯子。兽医很快就到了，试图将她的子宫复位，并缝合到正确的位置。然后我们将她扶起，在她身下垫上一捆捆干草和稻草，让她处于坐姿，最终把她以看起来相对舒服一些的姿势留在那里。不过她依然非常疲惫，似乎根本无法站立。

一个小时后，我们回来看她，发现那条毯子在一个草堆上面，水桶已经翻倒在地，空空如也。多莉二世不见了。我们不敢相信自己的眼睛。

反复寻找之后，我们在三座牧场之外的地方发现了她，她正躺在她聪明的老母亲的脚下，全身被舔了一遍，得到了我们永远也做不到的巧妙的安慰。我们已经有好几年没有看到多莉母女在一起交流了，根本不知道年轻的多莉二世是如何知道在农场的那个地方能够找到她母亲的。我们很高兴看到我们把大门敞开并允许所有牛群自由选择在何处徜徉的原则是正确的，至少多莉迟缓而蹒跚的寻找之旅没有被五栅的木篱笆阻挡。六天朝夕相处之后，多莉母女再次分开，开开心心地各走各的路。

奶牛拒绝或忽略小牛的案例非常少，据我们的经验，这样的问题在很短的时间内就能解决。在我的记忆中，奥丽薇亚拒绝她母亲示好的案例非常独特。在这里，几乎每一天我们都能看到女儿在向母亲咨

询即将到来的产犊问题，或者仅仅只是询问天气。

最近我们不是很确定年轻的内尔什么时候会产犊，所以决定在之前的几天（最终被证明是九天）里，让她和她的母亲在畜棚里过夜。凌晨四点，她开始产犊，她的母亲专心地注视着她。小牛被安全接生（这需要两个男人的帮助）以后，老内尔，或者称呼她的全名戈尔德·内尔，就会靠得非常近，歪着脑袋，小心翼翼地看着她的女儿和外孙女。她看到她俩都健康平安，于是朝着大门走去，想得到出门的许可。她在陪伴女儿的每个夜晚从来没有表现出丝毫想要出去的愿望，可是今夜，她明白自己已经不再被需要，是时候离开了。从那之后，她和她这位新增加的家人保持着非常活跃的关系。

杰　克

我们所有的种公牛都是令人钦佩的有意思的个体：乔纳森、艾弗、托尔·唐·黑德、奥莱、迷你先生、山姆和约翰（康斯坦斯的同卵双生儿子），维垂·爱国者九世，奥古斯都以及格洛斯特和伍斯特。不过，属杰克最佳。

杰克的整个世系都值得描绘。即将成为杰克外婆的艾米丽，是一头赫里福特牛，浑身红色，只有面部是白色。她几个月大的时候就生病了，我们也不太确定原因，看起来像是某种肺炎，伴随着食欲不振和呼吸困难。她很快就失去健康，看起来非常脆弱。我父亲把她保护起来，熟练、尽心地照料着她，躺在她身边温暖她。父亲将她包裹在干草里，温柔地哄着她，直到她恢复健康。她过了好几个月才强壮起来，但是逐渐地、令人信赖地茁壮成长起来。最终，曾经又瘦又小的她变成了健壮、粗野、结实、毛发旺盛而柔软的个体。

艾米丽的头胎小牛——杰克的母亲——叫纳菲尔德。纳菲尔德出生时皮毛是深灰色的，却有着白色的脸庞，有一小段时间，我们喊她艾米丽二世。几个月之后，出乎我们的意料，她仿佛蜕了一层皮一样，棕色的毛发脱落了，慢慢变成了黑色的。之所以反常地给她重新起名，是因为利兰拖拉机公司收购纳菲尔德拖拉机公司后，把原本橙色的纳菲尔德拖拉机刷成了蓝色。不过，没过多久，蓝色的油漆就脱落了一些，原来的橙色又重现了。新名字就是这样来的。

对于纳菲尔德能够有一头自己的小牛这件事，我们几乎已经绝望了。她可能根本无法怀孕。我们几乎放弃了希望，不过最后还是决定给她最后一次机会，使用人工授精的方式使她与种公牛结合。

纳菲尔德成功怀孕了。不过直到怀孕九个月，我们才意识到她同时怀上了两头公牛的孩子。她生下一对异卵双胞胎，红露丝和黑杰克。露丝有一身红色的皮毛，一张白色的脸；杰克却是一身黑色。如果不是我们亲眼看见他们出生，真的无法相信会有这样一对外表迥异的双胞胎。艾米丽温和友好，讨人喜爱；纳菲尔德狂妄傲慢，桀骜不羁。而这对双胞胎非常有意思地融合了以下两种特质：随和、信赖别人，但非常独立。纳菲尔德为他们感到骄傲，我们也是。

在接下来的几个月里，我们开始意识到杰克和露丝都拥有的一些奇特又罕见的特点。他们都非常聪明，在任何情形下都能明白自己该做什么，有需要也会寻求我们的帮助。杰克会到牧场来找我，用牙齿

拉扯我的外套引起注意。

露丝的第一头小牛非常瘦小、孱弱，就像曾经的露丝一样。而此时的露丝已经相当硬朗、健壮。露丝有好几个月都需要不停地耐心照顾小牛，我们只得劝这位母亲从她的孩子身边离开到田野里吃草，因为她自己当然不可能撇下小牛。然而，她很快就意识到，我们能够照看好小露丝，就习惯了自己去吃两三个小时草，再回到畜棚，让我们把她的奶挤到瓶子里给小牛喝。然后她会再次离开（她的行为有点像肥帽子二世，只不过更快一些）。渐渐地，小露丝有了一些力气，开始陪着她母亲一起出去。在这期间，我们已经教会了她吃干草，并且割各种各样的草拿过来给她吃。她偏爱我们辛苦寻来的球序卷耳。

杰克很快成为农场里最重要的动物——这不仅仅是他自己的观点，因为他一点也不像大多数公牛那样自负。他真的非常出色：浑身漆黑，皮毛冬天粗犷，夏天又变得像丝绸般顺滑，前额总是挂着整齐鬈曲的毛发。他的黑蹄子干净、强壮，眼睛聪慧、灵通。我们都非常喜爱他、羡慕他，整个牛群也是如此。他非常温和，即便比其他同类强壮三倍也从不专横。就连一只弱小的动物都能够将他从干草块上推开（一大捆干草通常有十七个干草块，每个干草块大概重三四千克）。

杰克信任我们。我们从来不让他失望，也不会让他担心。他是一个很快乐的家伙，经常会和他母亲交谈，而现在会和他的三个妹妹交谈（纳菲尔德又生了双胞胎：奥古斯塔和奥克塔维亚，这两头小奶牛长得一模一样，黑色的皮毛，白色的脸，就像纳菲尔德一样）。我们决定继续让杰克当种公牛。他是一个十分理想的选择，容易被驯服，而且相当安全。

有一天，我们需要将他从冬天一直待的牛群跨过农场转移到八百多米以外一个更大的牛群。如果为了迁移一只动物就迁移整个群体就太可惜了，所以我慢慢推动杰克离开他的群体，朝着通往森林的大门走去。他转身看着我，眼神充满疑惑，我非常肯定地轻轻拍了拍他，他就继续向前走。我们穿过黑暗的森林，他相信我不会将他带到一个他不会更加喜欢的地方，我轻拍着他，推动着他，说着一些表扬和劝说的话。我们来到小围场的大门，杰克一如往常般有礼貌，等着我打开门，然后步伐沉重地穿过溪流，来到非常泥泞的河岸。他转过头再次询问我，我再次消除他的疑虑，跟他说等我们到达目的地，他一定会非常喜欢的，说着我再次肯定地轻轻拍了拍他，然后推了推他。

穿越农场的旅途漫长而有趣，非常愉快，但是充满了不确定性，因为虽然杰克慢悠悠、有时甚至非常痛苦地移动着，给人一种年迈又乏味的感觉，但是我知道只要他想，他就有可能突然转个弯，一瞬间消失在远方。最后，另一个牛群出现在视野里，杰克再一次转头看我，表示他已经明白了这次旅途的意义，然后才急匆匆地加入到他的新朋友之中。

杰克确实有一个坏习惯。这个坏习惯通常不会发生在牛科动物身上：他喜欢闻路虎汽车排气管里冒出来的一氧化碳。起初，我们并不知道他在做什么。我们已经习惯将车开进牧场，把一捆捆干草卸载到屋檐上。车厢里至少装十捆，车顶支架上再捆上两三捆。遇到寒冷的天气时，我常常在散开干草捆的时候保持发动机空转，好躲避一个

个急切的脑袋、牛角和蹄子。接着我就跳进驾驶室，继续向前开，隔一段路就重复一下这样的伎俩，以保证在相当大的范围内这些干草都能够公平地分配，确保稍微矮小瘦弱的动物能够有很多干草块可以选择，不至于被那些更自信的动物恐吓。杰克看到我们过来，就会漫步到路虎左后方，极其兴奋地嗅着尾气。有一天他嗅得非常入迷，甚至将脑袋放在了保险杠上，这时我们才发现他是在吸尾气。他吸得都有些失去理智了，导致路虎左右摇晃。我们口头劝告根本没用，当我从车里下来想说服他停下来的时候，我才看到他在做什么。从那以后，无论天气多冷，我们都会将发动机关掉。

非正常行为需要研究

肥帽子对我们的生活造成持续的影响。她是一头肉用短角牛，最初叫哈莉特。她年轻时特别肥，所以我们就给她起了个"肥帽子"的昵称。我们很想增加肉用短角牛的数量，所以希望肥帽子能生女儿。她已经连续生了九个儿子。第十个孩子是一头漂亮的枣红色奶牛，我们给她起名博内特，她后来又生了十一头小牛。肥帽子接下来的一个孩子是一头青灰色的小牛，叫蓝恶魔。他非常自私、专横，是肥帽子唯一不喜欢的孩子。她当然也会照顾他，但是每当他离开她去和小伙伴玩耍的时候，她都很明显地松了一口气。他很小的时候，就只是一头普通的小牛而已，但是等他的性格一显现出来，就明显地不仅很独立，而且很难相处，要求苛刻。她之前生的九头公牛，都是枣红色的。他们对她非常友好，但是对我们不是很友好，这些小牛都曾被喊作朗尼。肥帽子的第十二头小牛还是枣红色奶牛，取名稻草帽。她的最后一头小牛是杂色的，叫作肥帽子二世。

肥帽子从很多方面来说都是一头引人注目的奶牛。她喜欢男人比喜欢女人多一点，但也不是很喜欢男人。她从来不需要也不要求任何东西：生产的时候不需要帮助，不需要额外的食物。她也从来不生病。实际上，她一直都不需要我们，直到快二十岁的时候。

炎热夏季的一天，我发现她在院子里，而其他牛都在很远的地方吃草。这样非正常的行为需要研究一下。我接近她，发现她的四只蹄子都被围栅栏的细铁丝缠住了。我当时第一个想法就是即便有好几个人帮忙，她也会很难控制，或许会挣扎，把铁丝拉得更紧。但当时就我一个人，无法立刻寻求帮助，然而她看起来似乎在请求我去帮她：那是她第一次需要人类。我弯下腰，尽量对她说话，以此安抚住她，并握住一段细铁丝。她一动也没有动。我开始解开细铁丝，时刻提防着她可能会扬起来的蹄子。她仿佛知道自己如果完全配合，我就能够成功完成这个艰难的任务。我把缠在一起的细铁丝一段一段地解开、松开、整理好然后扯掉的时候，她就老老实实地站着。在这个过程中，我得依次抬起她的蹄子，一会儿抬这个，一会儿抬那个。我花了很长时间才把她解救出来。她回归牧场之前，回头看了看我。我喜欢把这一次回眸看作一种勉强的认可——人类偶尔还是可以发挥一点用处的。

少许关于名字，更多关于悲伤

我们所有的动物都有名字，当然很多还有昵称。我们经常喊他们的昵称，以至于最后都忘记了他们原来的名字。撇开亲密关系不谈，我记得这组牛群中的第一位是烈日九世。她本来是一头结实、平凡的奶牛，直到她生出一头不平常的枣红和白色皮毛相间的小公牛，这头小牛走路跟跟跄跄，可以说是在溜达和笨拙地移动之间。这种跟跟跄跄的走路方式非常引人注意，最后他的母亲就被喊作"跟跄太太"，而"跟跄"这个前缀就持续了下去。仅仅一年之后，跟跄太太生下一头小奶牛，名叫跟跄小姐，跟跄小姐后来生下一对双胞胎小奶牛，叫跟跄俩姑娘。最后，略反常的是，跟跄小姐的昵称成了"外婆"。

跟跄俩姑娘快三岁时，各生下一头枣红色的小公牛，为了定义她们的新身份，我们给她们重新起名为奥格摩尔太太和普理查德太太，这是根据狄兰·托马斯的《牛奶树下》起名的。一九八九年那个漫长却不是特别寒冷的冬天，我们有了一大堆小牛：阿米莉亚、梦梦、埃莉诺、尼内特、霍雷肖（内尔的儿子）、劳拉、爱德华……根据天气，每天这些小牛要么去往高处的 L 形牧场（他们的最爱）吃草，要么到下面的杨树林里玩耍。他们在河流边、白蜡树苗中和落下的杨树树枝间嬉戏，而最吸引他们的是一棵连根拔起的树。

尽管奶牛和小牛在畜棚里过夜的时候随时都可以吃到干草，我们白天还是会额外带一些干草到牧场去。因为虽然牧草还可以吃，但冬天这些草已经没什么营养了。一天，我们正开车穿过 L 形牧场分发干草，竟惊恐地看到普理查德太太躺在牧场中间去世了。她三岁的儿子普理查德正站在她的身边，满脸困惑和惊讶。经过验尸，我们发现她的肝部有一块脓肿，这或许是她几个月前甚至几年前某次不小心的撞击造成的，现在突然破裂了，而这完全是无法预见的。

很多年来，我们观察了奶牛和小牛在情感上和身体上对于彼此的依恋，我们发现奶牛对于失去小牛的悲痛要大过小牛失去母亲的悲痛，而双方的悲痛都可以通过某些行为缓解。一头奶牛和她的直系亲属"谈心"非常重要。如果我们提供一些和平常不一样的、比较有吸引力的食物，也有一定的帮助。小牛也需要跟亲朋好友交流，我们也需要在食物种类、梳洗方式上做一些改变，有时候换一个环境也能加快忘记伤痛的速度。很多情况下，要根据年龄来判断，我们有时候会针对不同的年龄研究出不同的策略。乐天的母亲去世时，她的姐姐夏洛特一心一意地庇护着乐天，所以乐天很快就以惊人的速度适应了这种新的状况。然而，普理查德虽然待在牛群中，却好像从没有交过什么特别的朋友。年幼的小牛当务之急就是填饱肚子，然而小牛年龄越大就越想念自己的母亲。不过，如果对他们多加宠爱，经常梳洗、抚摸，即便是一头六个月大的小牛似乎也会在一周之内忘记自己的母亲，而通常只需要三天。

普理查德更多感到的是饥饿而不是孤独，不过我们花了很多心思和耐心才说服他接受一瓶牛奶。他每次吃得很少，需要频繁地喂食，在第三次喂食的时候，我们已经成了要好的朋友，我可以预见在接下来的十个月里我需要怎样给他热牛奶、进行长久的交流和频繁的梳洗。

我们决定让普理查德待在牛群里。虽然他会依赖我们，但我们决意让他认同自己作为群体一员的身份。通常，我将他每天最后一顿食物送上去的时候都已经是半夜了，装满热牛奶的香槟酒瓶在我身旁丁零当啷。普理查德从来都不朝我这边移动一步，只是一动不动地站在原地，等着我去寻找他。有时很容易找到，有时牧场里其他所有的红色小公牛仿佛都想冒充他：奥格摩尔、杰克、霍雷肖都静静地站着，允许我在漆黑的午夜里给他们喂食温热的牛奶，带着我想象出来的快乐的微笑坚决地把头低下来。有时普理查德会站在一棵树后，直到我找到他。我确定他不是在躲藏，而只是在等待，并且非常确信我能找到他。

普理查德四个月大的时候，跟跄小姐（普理查德的外婆）产下一个小小的黑皮毛的女儿，我们叫她点点。跟跄小姐的奶水很多，点点喝不完，所以在没有经过任何引导的情况下，她主动认养了普理查德。我们相信普理查德的外婆知道普理查德是谁，可能是她的女儿在去世之前就把他介绍给了她。那时候她没有奶水，无法给予任何实际的帮助。现在她产了小牛，有了奶水，就邀请普理查德过来，跟点点一起长大。点点和普理查德成了形影不离的好朋友，跟跄小姐对他俩来说是最好的母亲。

我也充当了一段时间的替身母亲。在接下来的两个星期内，我每天会给他送两次奶，然而普理查德明确表示不再喝一口。不过，他依旧喜欢被梳洗，虽然外婆每天都会舔一舔他的身体，他还是很喜欢由我帮他梳洗。

关于睡眠的简单注释

我们人类使用的关于睡眠的所有词汇——打盹、瞌睡、休息、眯一会儿等，也同样可以用在牛、羊、母鸡和猪之类的动物身上。

动物如果感觉完全放松和安全，知道自己处在比较熟悉的环境之中，而且身边有家人和朋友陪伴，那么睡觉的时候就会完全躺平。他们会扑通一下倒在地上，摆出各种各样好笑的姿势，看起来煞是悠闲，舒服极了。有时候他们只睡一小会儿，但就算是一小会儿也非常重要，不该被打扰。虽然"缺少睡眠令动物脾气糟糕"这一说法听起来有点奇怪，但是睡眠确实必不可少，剥夺睡眠肯定会造成一些显而易见的伤害。动物可以通过寻找想要的食物弥补饮食上的不足，但能不能开开心心、舒舒服服地睡个好觉，就得看我们提供的条件了。

我们有些奶牛是有角的。这些角有的朝下面长，有的直直地往两边长，通常都很长。还有一些角朝上面长，就像干草耙一样。我不知道她们是怎么做到的，不过当奶牛决定要平躺着睡觉的时候，从来都不会让自己的角妨碍自己。

其实，通常当一头奶牛或小牛从肢体、呼吸和眼睛看起来都睡得很熟时，像指示器和雷达一样的耳朵就登场了，它们转动着、收缩着、监察和分析着每一丝脚步声、嘎吱声和呻吟声。只有消除了疑虑，他们才会进入更深的睡眠——咀嚼的下巴不再动弹，胡须不再颤动和警惕，惺忪的双眼什么也看不见了。过了两三分钟，他们的"触角"又开始扫描空气波了。上上下下，转来转去，这个天生的生存特工似乎被安排执行接收预警的任务，提醒着即将到来的伤害。

奶牛如果身处一群不认识的动物当中，可能会选择以一种蜷曲的坐姿假寐，时刻准备着起身，或许下一秒就跳跃起来。或者还有一些时候，她们将自己塞进一个较小的空间之内，在一个朋友或者亲人身边，虽然感觉很愉快、很安全，但没有足够的空间平躺，都有点被挤扁了。在这种情况下，她们脸上带着满足的表情，拒绝把眼睛睁开，直到意外地沉睡过去。

也有一些介于这两者之间的例子。这很大程度上取决于这些动物是在畜棚里还是在室外的牧场里。如果户外的风很强烈，即便一点也不觉得冷，她们或许也不会躺平，而是会选择一种非常有意思的姿势——下巴放在膝盖上，或者像鸽子一样将头缩得圆圆的。这里很多牛科动物会把朋友当头枕。有一些年长的奶牛在夜里会把她们的子孙都聚集到身边来，在户外的时候尤其如此。

猪呢，即便给他们一个装备精良的舒适的家，他们也会挖个地洞躲起来，以一种令人羡慕的方式睡觉。像其他动物一样，绵羊有多种睡姿，但我从来没见过他们像牛一样扑通一下倒下去——或许因为担心自己会四脚朝天，无法再翻身起来。要是真发生了这种情况，除非有人及时发现，否则可能是致命的。晚上，母鸡会把脑袋埋藏在翅膀下面，这是鸟类的风尚。白天，她们在日光浴的极乐享受之中，看起来像睡着了一样。她们会舒展翅膀，让翅膀最大限度地接触到阳光，踮着脚摇摇晃晃地歪着走，好将一条腿伸展开，以这样一种看起来极不舒服又僵硬的姿势开始享受漫长的硬性放松时光。

要是奶牛感觉到有任何危险，整个动物王国就没有谁会睡觉了。如果危险源已经远离，那么奶牛将会和年幼的小牛交流，告诉他们可

以去睡觉，有年长的动物在站岗。至少，经过我们几十年的观察，看起来是这样的。

大家庭带来的安全和稳定益处深远。在必须竞争食物、缺少足够空间或者饮水槽太少的紧张情况下，动物更可能会生病。相反的情况显然就意味着动物能够安逸地生活，容易得到食物和水，享受朋友和亲人在身边的安心，这似乎是改善健康状况的良好方式。

各种各样的哞叫

来这里的各种学生和农场工人这些年来一直对一件事饶有兴趣，那就是学习分辨不同的哞叫。在为数不多的几节课或几次解说之后，一些人已经能够分辨不同哞叫及其相关原因，并为此感到自豪。认识到某种叫声的重要性，就能够做出正确的决定。奶牛哞叫有很多原因，而且有的时候并没有（明显的）原因。

有一天，一个才刚来我们这儿的人突然冲进厨房，告诉我有一头奶牛叫声很大，感觉焦躁不安，请求我跟他一起去确认一下到底哪里出了问题。可是如果我这时候离开厨房，饼干就要烤焦了，所以我强迫他深入探究他迄今还没有被开发的描述能力，为我描述奶牛足够多的细节，好让我了解她到底是谁，并把那种哞叫也描述得更准确点。后来我判断这头奶牛之所以哞叫不是因为痛苦，而是因为暂时看不见自己的孩子而感到生气。我向他简单、准确地描述了小牛的样子，然后他就去找这对母子了。

我已经说过，奶牛哞叫有各种各样的原因：恐惧、怀疑、愤怒、饥饿或痛苦。而且，每一头奶牛都有自己问询的方式，无论是一个眼神，还是一声奇怪的低声哞叫。

在二月的一个非常寒冷的夜晚，已经过了午夜，我从深沉而疲劳的睡眠当中突然被一声哞叫惊醒。那不是一种烦恼或无聊的哞叫，也和饥饿或痛苦没有什么关系。那是一种充满坚定决心的哞叫。那种决心不仅是为了把我喊醒，而且要让我起床出门，还要立刻行动。我当时还不知道那是阿拉明塔在叫。我只知道我必须赶紧起来，一方面是为了她，一方面是避免其他家人被吵醒。

我匆忙披上浴袍，凭着感觉冲下后楼梯，来到地下室，穿上我的长筒皮靴，根本没时间穿袜子。我发现外面在下雨，又一把抓起胶布雨衣，跑上阶梯，沿着小路，一边扣扣子，一边在灌木丛中摸索着道路。阿拉明塔还在哞叫。我想要她停止哞叫的决心比想要手电筒更强烈，所以我朝着噪声的方向跑去。外面漆黑一片，伸手不见五指。我一边说着友善、关心的话语，一边通过触摸知道了她是谁，并且发现她的乳房胀满牛奶。我引领她朝着牛圈走去，希望她的乳房胀痛缓解后就能停止哞叫。去牛圈的路上，我就知道，她的儿子唐（为了纪念唐纳德·布莱德曼先生）一定是生病或者去世了，因为她的乳房一天都没有被吮吸过。我也知道，她那非常有穿透力的哞叫不仅仅是要告诉我她身体不舒服，也是在告诉我，我必须要做点什么来帮助她的儿子，因为她无能为力。

我喂了她并为她挤了奶之后，便拿起手电筒，向她解释她必须让我知道唐在哪里。当奶牛肯定我们的智慧的时候，她们往往也会误以为我们知道所有的事情，所以当我打开牛圈的门，想推着阿拉明塔出去的时候，她站在那里一动也不动。我害怕她又开始哞叫，提醒我去寻找她的儿子，所以我只朝着一个方向推她，以一种非常事务性的方式，好像我知道我们要去哪里似的。她信任地遵循了我的指示。走了五十米之后，我停了下来。她也停了下来。我轻轻地把她掉过头来，推着她往回走。这让她立刻意识到我并不知道该去哪里找她的儿子，她朝着原来的方向前进，速度加快了一倍。我就在后面跟着她。

我们在三座牧场之外的地方发现了唐。他站在那里，但是看起来精神非常不振。他的身体严重"鼓胀"，在这种情况下，死亡随时都有可能到来。他不愿移动，但我强迫他走回家，他的母亲就在他身边。当我们到了院子，我把他留在拥挤的牛群中，让他一动不动地站着，然后我拿来一根长长的橡胶管子，那是我们留着以备不时之需的。我用左手打开他的下巴，小心翼翼地缓缓将管子顺着他的食道插进去，一直插进他的胃里。我一手抓着管子的头，另一只手按摩着他的左腹部，直到他胃里的胀气全部排了出去。

尽管那天晚上我把唐的胀气治好了，他和他聪明的老母亲在畜棚的稻草上舒舒服服地依偎在一起，可是问题再次出现了。在兽医的允许下，我把上面同样的步骤重复了一次又一次，可最终还是必须请兽医过来为他做一个小手术。唐最后痊愈了，不过那是将近两个月之后了。很奇怪的是，在这痛苦的折磨之中，他却显得很开心：在身体不舒服的时候，他不吃不喝，但是看起来并不痛苦，而且治疗才过去几分钟，他就开始照常吃喝，就像什么也没有发生过一样。

奶牛做出明智的决定

我之前说过的，老肥帽子的大女儿叫博内特，博内特产下了十一头小牛，其中杂色博内特、小博内特、彼得·博内提和金色博内特很值得关注。杂色博内特的头胎小牛叫达勒姆。出于某种原因，她并没有很严肃地看待自己作为母亲的身份，虽然她大多数时间都在做正确的事情：喂养、梳洗、和他在一起，但她有点三心二意，非常明确不会过度保护小牛，只提供分量很少的牛奶给他。

因此，达勒姆虽然心理发展还比较平衡，但是看起来非常弱小，而且生长缓慢。我们认为他需要更多额外的食物，因为那时是晚秋，没有质量好的牧草。有一天我们把自家种植的大麦拿给达勒姆吃，让他待在远离同类的地方悠闲自得地嚼。很快他就学会了分辨男人和女人，甚至能够分辨两个体格差不多的男人。他从来不会请求同一个人在同一天喂他两次，不过如果是另外一个人靠近他，他就会试着装出自己一天都没有被喂过、值得吃一顿的样子。很多时候，这样的手段非常奏效。在达勒姆之后，杂色博内特产下了沃里克伯爵，然后是兰开斯特公爵，这还有另一段故事（参见第五十八页）。

多年来，我们发现，如果牛被允许在正确的环境中生活，那么他们就能够做出明智的决定。他们需要随时可以躲避的入口，需要纯净的水和良好的食物，需要没有压力和一定程度的稳定。如果深冬时节，天气预报有雨，可是牛坚持待在户外无遮蔽的牧场上，或者在六月中旬，天气预报晴朗，他们却从牧场来到了畜棚并要求进去，我们最好就要注意了。有一个六月的夜晚，他们簇拥着进了畜棚，紧接着一阵强风暴就朝着我们袭来。几个小时之后，凌晨一点半，天晴了，风也轻了，他们坚决要回到牧场上吃草。他们大声喧闹着，诉说着自己的愿望，以至于把附近村子里的人都吵醒了。我们尽职尽责地赶紧起床，带他们沿路而下，到更新鲜的牧场上去，结果被一个惊讶的警察拦住问话。我们说我们只是带着牛群进行每晚的例行散步。

我已经讲过保证动物有可以躲避的永久入口的重要性。各种各样的处所都能够满足这种需求：树啦、堤坝啦、墙啦、畜棚啦，都有一个洞。然而，最重要的也是最万能的避难所是树篱。

过去和现在，很多作家都非常抒情地书写过多种用途的树篱。每一排古老的树篱都有一个故事可以讲，故事可能从检查刚种下的树篱时就开始了。就此也可以推断树篱为什么会种植在那里。

移除灌木树篱这种行为太疯狂了，再怎么强调也不过分。被损毁的土地数以千里，导致的不仅仅是视觉上的损失：一起消失的还有琥珀色和白色的蔷薇、五月和六月从最高处的大树枝瀑布般落下的粉色树荫，以及树荫下五颜六色的浆果。数不清的野生物种依赖着这"一排排活泼顽皮的小树精"——诗人华兹华斯这样称呼它们。鸟儿有着摩天大楼般高耸的宿舍和层叠的营巢区，更不用说他们维持生命的冬季食物储藏柜。一排足够古老的树篱，能够提供玫瑰果、李子、接骨木果、沙果、山楂、坚果、黑刺李、橡子、桦树的翅果和忍冬的浆果。胆小的动物在这里发现安全的避难所，很容易就轻轻咬开树篱，穿过带刺的黑莓边缘，逃脱大胆的獾的追捕。兔子、睡鼠、黑田鼠都能够找到自己的藏身之处。在地面筑巢的、易受攻击的鸟类生存概率大大增强。

　　这座农场有一条三米宽的路，两旁种植了两排平行的树篱。我们搬到这里生活的时候，这两排树篱就已经长得非常粗壮、繁茂，大约有九到十二米高，成拱形盖在公路顶上，看起来很像畜棚，而且很方便。所有的奶牛都知道这座"畜棚"在哪里，无论是冬天躲避严寒还是夏天躲避酷热，都会选择去那里。

　　如何对付下雨也是需要学习的一部分，不过也很容易出错。一群成熟的牛能够扛过暴雨，实际上，他们毫不在意下雨。在一些拥有年幼小牛的混合牛群里，一些没有经验的母亲总是没有意识到她们的孩子比她们自己需要更多的保护，但是聪明、年长的奶牛就会知道这一点，然后带着她们的小牛要么进畜棚，要么在一棵树下或者树篱旁边找到一个避雨的地方。

　　一些发育完全的羊拥有一身防风雨的羊毛，实际上很喜欢寒风，有时候会走到农场最高、最无遮挡的地方在雨中狂欢，不过他们也不喜欢持续很久的雨。如果身边有小羊，就要多加小心了。小羊在生命的最初几个星期里是很容易受伤的。虽然大多数小羊都能够应对寒冷或下雨的天气，但是这个过程会耗费他们从母乳中得到的能量。要是有个躲避处，无论从经济上还是人道上考虑，都很值得。

　　一般情况下，我们发现在寻找舒适的躲避处这方面，小羊比小牛更聪明。年幼的小羊会霸占一层干草，赶快去棚屋或者任何临时躲避处待一会儿。如果没有发现合适的地方，他们就会通过能够想到的任何方式来扩展自己占领的小块土地，比如爬到树桩上或者大木头上、钻进空心树里，或者爬到他们母亲的背上，这都比在地面上更舒服。

　　动物总是面临抉择，包括选择到底要吃什么。轻咬或啃食各种各

样的青草、药草、花朵、树篱和树叶给予了他们日常饮食中所需要的微量元素，吃多少得靠他们自己掂量：我们无法有效地帮他们做出这种决定。

每只动物都是独立的个体。在饲养方面，对整个动物群体"立法"虽然适合大部分动物，但是我们一直很关心少数。让动物自己来决定不仅更准确、更有效，成本也会更低。我们曾看见奶牛和绵羊吃下惊人数量的奇怪植物。奶牛会吃几立方米深绿色、看起来有毒的刺荨麻，而绵羊总是吃尖尖的、带刺的蓟的顶部，或者高高的、不易咀嚼的尾根处的叶子，尤其是产犊之后，当她们储存的能量都被耗尽的时候。当她们能够接近良好的自然牧草时，就会这么做。

我从来没有见过绵羊生产后休一天假，但奶牛生产后会有一两天不吃饭。以我的经验看来，新手绵羊母亲毫无例外地会比以前吃得更快、更专心，因为她们知道自己必须产出足够的奶水，好满足孩子不断的需求。有些奶牛如果产下一头偏小的小牛，知道自己奶水"储备充足"，那么可能就会在前　两天和小牛一起慢条斯理地待在树下。她们可能会在晚上吃上几口，但是根本无法和平时的饮食量相比。

我们发现一个尤其令人满意的事实：动物要是受了伤，就喜欢吃很多柳树叶。我们希望这和阿司匹林的来源有关。如果近便的地方没有柳树，我们就会砍掉一些大树枝带给那些需要的奶牛。毫无例外，她们会吃得非常带劲，有时要连续吃上好几天。当她们觉得自己不再需要了，就直接走开了。

迪齐的外孙女苔丝狄蒙娜二世被大家喊作"黑白苔丝狄蒙娜"，喜欢吃青草胜过任何其他食物。她出生在夏天，一切都很好，秋天和春天也都没问题，可是在冬天，无论多么寒冷，甚至结冰的天气，当其他奶牛都很乐意待在畜棚里的时候，她会站在门口，瞪着眼睛，直到我们意识到她是想让我们打开门。给了她自由行动权之后，她就拖着沉重的步伐走上八百多米，非常孤独地吃一整天草，偶尔会在能够交谈的距离内遇见绵羊——因为绵羊在各种天气下都喜欢待在外面。她根本不吃干草、稻草、大麦或苹果，她只想吃青草。她不能也没有通过冬天的草来增长脂肪，但是她感到非常满足，每天下午稍晚一些，就会慢悠悠地回到家里，请求进门，然后和她的母亲、姐姐、外婆和表兄弟姐妹们一起度过夜晚。她出生后的第二年开始吃干草，但她还是更喜欢吃青草，每天要花大半天的时间去吃草，无论什么天气都是如此。

年幼的小牛感觉不太好的时候就会"卧床休息"。即便他们的母亲出去吃草并喊他们一起去，很多小牛还是会待在原地，他们的母亲就会定期回来看看。关于小牛较强的判断力，有一个非常鲜明的例子，发生在奇普·明顿身上。

奇普的母亲没有经验，在十二月的一个早晨带他出门了。不过奇普决定还是待在温暖的畜棚里。那时他才六天大，就离开了母亲，离开了整个牛群，迈着沉重的步伐往家里走，走了差不多有八百米远。幸运的是，我们当时就在附近，看到他下山来，就将他领到舒适的住处。他有点感冒，还腹泻，所以需要补充水分治疗，也需要看护。就是那个时候，他有了喜欢被梳洗的嗜好：他讨厌晚上满腿泥泞就去睡觉。

牛科动物的友谊很少会草率

小牛刚出生几天就和同类建立了持续一生的友谊，这种事情很常见——可以说是常态。有时在差不多时间出生的三头小牛会形成一个集体，不过更常见的是两头小牛建立友谊，他们通常年纪相仿。白小伙们——封面上的两头牛——就是非常恰当的例子。

内尔先产下一头纯白色的小公牛，白得耀眼。朱丽叶在次日产下一头几乎一模一样的小牛。我们从未有过这样纯白色的小牛：有灰白色、奶油色、淡黄色、米白色、银白色、金黄色，但从来没有过纯白色的。先来到这个世界上的小白牛走过来欢迎新来的那一头，瞪着他，就像在镜子里看见自己一样。从那一刻起，他们就成了形影不离的好朋友。而两位母亲现在成了孩子生活中第二重要的，她们也被迫建立起牢固的友谊，因为她们一起在小家伙附近候着，等小牛想喝奶的时候就要过去。内尔和朱丽叶都有自己儿时的朋友，但是眼下的处境让她们不得不待在一起。一年后，两位母亲都要再次产犊了，白小伙们完全没有猜疑，也没有什么精神创伤。他们有彼此陪伴，只是注意到他们的母亲离开了牧场，到下面房子附近的繁殖场去了。内尔和朱丽叶依然是朋友，这次产下的小牛相对来说就比较普通，一头是枣红色的，一头的毛色略微发白。

白小伙们生活在属于自己的世界，他们虽然身处一大群牛中间，但是并不在意这个群体。他们肩并肩地散步，时不时碰在一起，在夜晚的时候头枕着头入睡。他们是非常出色的牛：高大、温和、独立、亲切又不过分友好，而且非常贵气。一头牛的鼻子是粉红色的，另一头是灰色的。

黑白夏洛特（夏洛莱牛夏洛特的女儿）和盖伊（迪齐的儿子）在六年前也建立了一段友谊，这段友谊虽然没有那么引人注目，但是非常强烈。她一身黑色的皮毛，只有尾巴是白色的，而他是非常时髦的暗灰色，也是白色的尾巴。盖伊是折扣家族的，而夏洛特是烈日家族的。

牛科动物的友谊很少会草率。虽然友谊往往是建立在实际性的互相帮助上，但奉献也司空见惯，而且很少会过分保护或情绪化。

夏洛特和盖伊打得火热，但是他们也有其他的朋友。他们即使因为母亲的吃草偏好分开，也不会非常痛苦，不过当分开的牛群重新汇合，他们就非常高兴地团聚。（我记得安妮和海伦三个月大的时候，要是意外被分开一周，再见面时甚至会互相亲吻。）夏洛特的母亲去世那会儿，他们彼此之间的友谊就开始淡化了，因为夏洛特开始担任母亲的角色，要照顾自己的小妹妹乐天。乐天简直就是她姐姐的翻版，也是全身黑色，只有尾巴是白色，但是她有角，而夏洛特天生无角。夏洛特非常贴心、非常和蔼，乐天几乎没有因为失去母亲而留下精神创伤。当夏洛特产下第一头小牛的时候，乐天这个姨妈也很珍贵。

然而，夏洛特并没有很自然地适应母亲的身份。她那讨人喜欢的全身黑色的女儿，出生于三月十五日（尤利乌斯·恺撒的殉难日），我们依照恺撒妻子的名字为她起名卡尔普尼亚（几乎立即就有了"可可"这个昵称）。她那初进社交圈的少女般的母亲没有允许她吮吸奶水，而是直接宣布由"奶妈"来抚养她。"奶妈"其实就是我的弟弟，他非常有耐心地给夏洛特套上缰绳，并劝她在可可喝水的时候老老实

实地站在那里，而且他为了保护小牛，用自己的小腿挡住了她反抗的蹬蹄。

可可爱她的母亲（她其实从来没有挨过踢，如果被踢了，她们之间的关系肯定变差了）。她每天喝三次奶。我们每个人都很喜爱她，会抚摸她，为她梳洗。乐天对她也非常好。这样的生活真不错。她一定在心里想，如果强迫母亲的话，母亲也会给她奶喝，而人类给予了她喜爱和保护。

夏洛特对于女儿主动表示的爱意并没有不屑一顾，她只是不去注意。可可会把头挨在母亲的下巴下面睡觉，偶尔还会开玩笑地抵她一下。夏洛特只是注视着远方。可可总是紧贴着母亲吃草和睡觉，夏洛特却没什么表示。

可可非常漂亮，是每个人的最爱。她喜爱每一个人，欢迎大家注意她。即便那时并不鼓励在农场工作的男人们释放明显充满感情的本性，他们无论多忙也总是会快速抚摸她一下。

可可两个月大的时候，一切都变了。当我们不在那里的时候，她冒险偷偷喝了一次水。夏洛特第一次注意到她，显然是想着她真的是太出色了，她用不是很确定的方式告诉我们，她想对可爱的女儿充分负责。从那天开始，她就独自为可可舔干净身体，为她梳洗和喂食了。

这种感情让我们感觉很有意思，因为可可过去那么习惯人类，而且非常友好，我们没有强迫她，就自然地参与了整个过程。

十五个月之后，夏洛特产下一头小公牛卡西欧，可可就可以在母亲身边帮忙了。她注视着卡西欧，保护着他，免得他被其他好奇的奶牛伤害。任何时候只要有需要，她总是开心地照顾他。即便卡西欧长大了、第三头小牛卡莱恩成为关注的中心，我们还是可以看到可可和卡西欧经常站在一起分享同一片干草。不用说，夏洛特没有再次忘记如何成为一个好母亲，实际上，她是最棒的母亲之一。

但公牛就是另一码事了

和奶牛一起生活是有所收获的，也通常是很有意思的体验，但公牛就是另一码事了。

我们曾经拥有三头差不多年龄的公牛，威尔士黑牛格洛斯特、林肯红牛伍斯特和夏洛莱牛奥古斯都。有一段时间，我们需要把格洛斯特移走，放到房子附近的一群特殊的奶牛里。同时，伍斯特和奥古斯都相处得还不错。我觉得他们很喜欢彼此，当然也从不打架，不过奥古斯都认为自己很优秀。对于他那狂妄自大的表现，伍斯特总是一笑而过。三头公牛被分开几个月之后，发生了一件事情。

曾有一个年轻的学生在农场帮忙。我们给了他很多活干，而且毫不含糊地再三嘱托他不要打开格洛斯特所在的那座围场的大门——禁止格洛斯特出去漫步。过了一阵子，这个学生火急火燎地来到我们的房子，喘着粗气告诉我们他以为敞着大门几分钟没什么事，格洛斯特却趁机逃走了。这样的事情以前也发生过。当时一个演员朋友说要来帮忙，结果去追这个离家出走的家伙时，脸陷进泥巴里（因此我们才严格命令不能打开围场的大门）。我赶紧跑过去，拖鞋都没来得及换，朝着身后大喊，让他去找我弟弟过来。

我知道这次情况更严重了，我也知道格洛斯特去了哪里：奥古斯都曾经用一种深沉、恐吓、有点厌烦也有点发怒的声音咆哮了一早上，格洛斯特一直听着。格洛斯特沿着陡峭的小路去了围场。我跳进路虎，沿着农场小路向下疾驶，几乎直线下降一般穿过树林，速度比以往都快。车子撞击着、摇晃着、颠簸着，我东摇西晃，都不敢去想要是被浸在水里的桥给堵住了怎么办。车子飞驰着穿过大门来到树林，我试图把车停在公牛牧场的门前。就在这时，格洛斯特飞奔了过来。

奥古斯都在他那边的门旁抓着地面，格洛斯特正在咯咯地咬着嚼子。伍斯特正掩护着奥古斯都的每一个行动，但是一点也不坚定。

如果这两头公牛旗鼓相当，那要打上一天一夜，直到精疲力竭才会停下来。如果他们同龄，并在一起长大，或者公牛在年幼的时候就被介绍给一头年长的公牛，然后待在一起，那就不会有什么麻烦了。但是如果公牛被分开，然后再重新被介绍，那大地就会震颤，镇静剂飞镖肯定也不够用了，这个时候人类根本毫无用处。

我知道我得让他俩保持距离，直到援兵到来。我走来走去，他们咆哮的时候我也咆哮，他们前进我就恐吓他们，他们撤退我就安抚他们。我从未如此意志坚定过，因为失败的后果将难以承受。

似乎过了一个世纪，其实或许只有五分钟，两个男人才赶到，我们开始赶格洛斯特回家。我们从路虎后面扔了一些干草，想转移奥古斯都的注意力。我们三个都带着钢铁般的决心，手里拿着白蜡树的枝条引导着格洛斯特，我们的咆哮声充满了无法想象的创造力——赶牛本身就是一门艺术，需要深入地讨论，在情况最好的时候，它更多地要依赖心理战术而不是蛮力对抗。

在我们强有力的坚持下，格洛斯特终于向前小跑，他彻底被征服了，已经没了戒心。不过在跑了大约五十米之后，又非常灵巧地想原路折回。他非常兴奋，身体强壮又健康，速度极快。不知怎地，我们这种孤注一掷的态度改变了他的努力，我们又前进了一小步。我们继续跟他说话，继续警告他、恐吓他，告诉他如果不想死就要听我们的。格洛斯特一个字也不信，不过渐渐地，他一会儿停一会儿走，一会儿飞奔一会儿急刹车，然后哼着鼻子想让自己看起来很可怜，我们就慢慢地把他赶回家了。我们终于成功了。无论是体力还是精力，我们都已经接近崩溃的边缘。他很容易就可以从我们身边逃脱，用计谋耍我们，不过或许他内心倾向于信任我们，加上我们不同寻常的狂乱手势，我们才得以让他回到谷仓。我们松了一大口气，大笑着瘫坐在地上，简直欣喜若狂。虽然还有点担心，但更多的是成功的喜悦。短腿的小格洛斯特突然毫不费力地打开五栅大门，又开始朝着树林跑。在他面前还有另外一扇紧闭的门，在他踟蹰的时候，我们再次把他赶了回来。

这三头公牛再也没见过面。格洛斯特有他的群体，其他两头也各有各的群体。我们一直保持着警惕，一切又恢复了和谐。

我写下这个故事的时候才三月，虽然春天突然到来，报春花遍地开放，五叶银莲花也开了几处，紫罗兰不多，牛舌樱草只有一处可见，但是晚上仍然有些寒冷，我得放下笔去樱桃树牧场顶端的角落了。那里四周有很多黄褐色的猫头鹰，虽然看不见他们，但是能听见他们嘟嘟叫的声音。我要去看看最年幼的小牛是否已经找到舒服的栖

身之处度过夜晚。

肥帽子二世

每一只动物都是独立的个体。有一些动物的性格会给你留下很深的印象，还有一些则一直保持着低调的姿态。你越是了解动物，就越是对他们有用。你如果知道在各种各样的情况下他们是如何反应的，那就可以事先做好准备。如果你注意观察他们每天如何表达自己的需求，就可以在突发事件发生时迅速反应。你甚至能够知道哪些群体成员可以不用照管。

我们所观察到的情况其实和动物每天的生活常常没什么关联。很有可能我们不在那儿的时候，反而发生了一些更有意思或者更重要的事情。然而，这些观察让我们对于动物的才智和能力提高了认识，有时候他们有能力预见一些事情，因而避免一些灾难的发生，有时候甚至能够挽救生命。

肥帽子二世平常那种冷静、亲切、温和、聪明、信任的性格经受了严峻的考验。实际上，它的性格会随着周围的事件，还有第二头小牛的出生暂时发生变化。

她的第一头小牛约克公爵是一头矮胖的公牛，几乎没什么有辨识度的特点。不过他遗传了母亲的短腿，而且跟大多数牛科动物都不一样，他舔水的方式跟猫差不多。这奇怪的特点我们以前只见过一次，纯种苏格兰艾尔郡乳牛普林特也是这样悠闲地舔水，喝完每天所需要的饮水量，需要花上其他奶牛十倍的时间。

　　普林特其他方面都非常普通。维克多和费瑟这两头小公牛的母亲不喜欢一个工人经常戴着的那顶小羊毛帽子。她会非常亲切地接近他，也允许他轻轻抚摸她，然后等机会来了，就会非常熟练地用嘴把他的帽子拿掉，小心地放在稻草上。无论他再戴上多少次，她都会非常耐心地把它拿掉，从不厌倦这个游戏。他坚决不换帽子，她也从不拿掉别人的帽子。

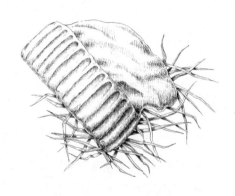

　　肥帽子二世第二次产犊的时候，不知为何悄悄地去了树林。我们再次去她一直所在的牧场，过了好几个小时之后她才回来，然后像往常一样吃草。我们差点没发现她产犊了——她看起来很好，也没瘦，但我们仍然隐隐约约地怀疑有什么不一样了。我们试图劝服她告诉我们她是不是产犊了，如果真的产犊了，那小牛在哪里。可是她装作并不能理解的样子。我们采取了各种各样的策略，这些策略对其他奶牛是有用的，但她看起来反常地顺从、冷漠，根本无法沟通。我们把她领回家做了检查，才发现她是真的产犊了，我们知道这个时候她该告诉我们更多的信息了。我们把她领回牧场，试图让她重走一遍之前的路线。我们绕着牧场前前后后地走着，变得越来越忧虑。我们开始怀疑牛犊一定已经死了，而她已经可以坦然面对这个事实，不过在没有确定之前，还不能休息。肥帽子二世就是不帮我们找到小牛。我们征求更多的人手来帮忙，开始按部就班地彻底搜查整片树林（丘陵起伏的六十万平方米）。最后我们终于找到了可怜的小牛，这个小家伙已经陷入沉睡之中。她又冷又饿，浑身湿透，而肥帽子二世显然已经很努力地想够到她，可最终还是放弃了希望。她出生在一片斜坡上，这片斜坡很难接近，是树林里比较陡峭的地方。她滑了下去，肥帽子二世根本够不到。

在我们搜寻的过程中，肥帽子二世一直在附近徘徊。她看到我们到了正确的地点，也过来了，我们都聚在了一起。我们把这个小包袱捡起来带回家。肥帽子二世紧紧地跟在后面：她感到非常茫然。小牛回来了，她非常高兴，但是她完全无法理解自己为什么无法履行母亲的职责。小牛非常虚弱，根本无法站起来或者吮吸母亲的乳汁，所以当我们为小牛取暖、为她擦干身体并给她喂食的时候，肥帽子二世就站在旁边，像一个旁观者。她就像一个站在舞台侧翼的替补演员，明白自己的角色，但是还没有轮到她来表演。我们从肥帽子二世身上挤了奶，极为频繁地喂小牛少量的奶。肥帽子二世有时候看起来非常关心，充满慈爱，有时候又假装冷漠，不过她时不时地向我们表达一种带着困惑的感激。

我们给这头新生小牛起名为黑帽子。她如果是人类，那么现在肯定又虚弱又苍白，不过她是一头非常迷人的蓝黑杂色牛，不会变得苍白。尽管如此，她一定感觉自己是苍白的，我们照顾了她长达十个星期。她漂亮、娇弱、轻盈、聪慧、灵敏，而且自始至终都逆来顺受。我们花了三天才说服肥帽子二世去吃草，告诉她只有吃草，才能继续产奶喂她的小牛。第二天，我们给了她出去散步的机会，可是如果她向前走上十步，就会急急忙忙地赶回十步来看她的女儿。第三天，我们使用了更多的劝说策略，等她一到牧场，青草的美妙味道很快就把她完全吸引了。她离开了两个小时才回来。渐渐地，她开始形成规律，持续地努力吃草，再迅速回来看看她的小病人。

黑帽子待在黑暗、寒冷的树林里的那段不开心的时间里，感染了双侧肺炎。康复期似乎永无尽头，不过她还是渐渐变得强壮，开始学会从母亲身上吮吸乳汁。肥帽子二世渴望带着女儿一起到牧场去。她和女儿谈论了这件事，呼唤着女儿，做了她能想到的一切来劝女儿出去。可是黑帽子知道自己还是太虚弱。

在一个温暖无风的日子里，我们把黑帽子塞进路虎，带着她来到牧场。我们开车来到肥帽子二世身边，把她的女儿轻轻地抬出来放在她身边。肥帽子二世高兴极了。她亲切、骄傲地哞哞叫着，粗糙地舔着女儿，带着难以置信的眩晕转着圈，然后感谢了我们。接着，麻烦来了。

我们知道黑帽子需要跟她的母亲在一起，学会如何吃草，然后渐渐习惯并融入牛群之中。然而，她还是那么虚弱，我们也知道这个过程远没那么简单。

第一天，还没过一个小时，就开始下雨了。我们飞奔过去，把黑

帽子装进车里带回了家。肥帽子二世非常愤怒。

不幸的是，天气常有干扰，肥帽子二世并不理解我们为什么把小牛带过来又带走。即便小牛就在身边站着，她每次看到路虎，也会冲到窗户边上，把头伸到车里仔细检查每一个角落。她开始怀疑我们的行为。记忆是痛苦的，她开始变得很不配合，也开始对我很不友好。

肥帽子二世并非讨厌所有人类，只是不喜欢我了。她依然喜欢我的母亲，而实际上是我的母亲策划了这个缓慢释放计划，也是她一直留意着每一滴雨点，只是并没有亲自将黑帽子撤离（虽然她总是在现场）。肥帽子二世观察到谁做了什么，然后根据情况做出反应。

慢慢地，慢慢地，黑帽子开始变得强壮了。这时，她已经五个月大，成为牛群的稳定成员，而且非常独立。肥帽子二世一旦和女儿单独在一起，就会告诉她不要相信我。我的这两个最好的朋友，曾在那么艰难的时刻完完全全地依赖着我，现在却不想再跟我打交道了。我为她俩感到骄傲，也很高兴看到她们的行为最终还是变得正常了，而我仍然会跟她们讲话。不过黑帽子一直无视我，肥帽子二世则愤怒地朝我摇着头。我要是靠得太近，她就会用头猛击我。幸好她没有角。即便在接下来的冬天，天气迫使整个牛群常常只能待在畜棚里，我走在她们中间的时候也要小心翼翼。有时我扛着一捆干草，突然感觉喘不过气来，环视四周，就会发现肥帽子二世正试图提醒我，我惹她生气了。她花了三年才原谅了我。

大部分故事都没有结局：我将这些插曲和事件关联在一起，它们结束了，生命还在继续。但是肥帽子二世的故事有开头，有过程，也有结局。

从肥帽子二世出生的那天起，我的母亲和她之间就有一种特殊的感情。三个小时大的时候，她就小跑着从牧场下来介绍自己了，她的母亲被甩在身后（你们也许还记得，肥帽子并不喜欢人类）。

她们的友谊一直非常牢固，从黑帽子一世的幼年时期，到黑帽子二世的青年时期，一直到肥帽子二世去世的那一天。

在一个寒冷的十月的最后一天，肥帽子二世产下一头漂亮的全黑小奶牛，这一次有兽医协助。她本来可能会叫黑帽子三世的。三天后，我的母亲在畜棚和肥帽子二世还有新生的小牛待在一起的时候，感觉有什么严重的事情要发生。其实，她知道肥帽子二世就要去世了。其他人都没有注意到有什么不对劲。老奶牛每天都舔舐着躺在身边的小牛，给她喂奶。

我们根据我母亲的直觉采取了行动，兽医的诊断结果是腹膜炎，他说这种病没有治疗的办法，也无法治愈。为了让她免受痛苦，我们让她安息了。离开之前，她的眼神坚决而热烈，让我母亲答应照顾她新生的小牛。我母亲会做到，肥帽子二世明白这一点。母亲从来没有违背过诺言，而这一次花了不少时间去遵守，她的心灵手巧、果断和狡猾都在发挥作用。肥帽子二世的外甥女杂色博内特，早几天刚生了儿子兰开斯特公爵，现在他还不需要吃她的奶。自从达勒姆出生，她的产奶量就提高了，奶的品质和肥帽子二世的相似，因为她们都是同一个品种（都是肉用短角牛），而且是亲戚。我们请求杂色博内特收养这个孤儿，现在这头小牛叫简·爱。她对这个想法并不感兴趣。

当她被拴在奶牛圈的时候，杂色博内特看起来很高兴提供牛奶给我们，来交换大麦、苹果和甜蜜的干草。所以我们不用挤奶机器，而是让简·爱来喝奶。然而杂色博内特不傻，只要她瞥见简·爱，就一会儿移动到这边一会儿移动到那边，就不让她喝奶。这就要兰开斯特前来营救了。我们把兰开斯特指引到靠近他母亲的地方，这样每当她看向四周的时候就只能看到自己的小牛，简·爱就可以趁机在后面好好地大喝一番。几个星期里，我们就靠着兰开斯特的好脾气，让他站在那里，就像是他那领养的妹妹的保镖一样。

这是一项耗时的工作，因为我们总是不得不把杂色博内特拴起来。不过就在简·爱快要两个月大的时候，兰开斯特想出了一个对大家都有好处的主意——每当他想喝奶，就会喊简·爱过来一起喝，就算她在很远的地方。过了一会儿，他还决定承担我们的工作，来为她梳洗。简·爱和兰开斯特成为挚友，哪怕在两年之后，分开或许几个星期后重逢，他们还会聚在一起，紧挨着彼此，一边看着风景，一边互相聊这聊那。

在这个令人高兴的阶段来到之前，发生了一件不幸的事。一天，在外面的牧场上，简·爱请求杂色博内特让她喝口奶，而这时兰开斯特没在附近。杂色博内特狠狠地踢了简·爱一脚。简·爱的臀部出现了一个大肿包，而且越来越大。奇怪的是，她并没有因此跛脚，似乎也没什么痛苦，她的行为没什么异常，还会和相近几天出生的兰开斯特、比利和格列佛一起玩（阿尔佛雷德是壕沟猪的儿子，当然是不被允许和"平民"一起玩的，这就是另外一个故事了）。

我们很不愿意去咨询兽医：简·爱的姐姐黑帽子一世承受了太多药物治疗，除非必要，否则我们不想给简·爱使用药物。我们决定尝试顺势疗法。这件事情在我们作为农场主的一生里值得用一整章来叙述，但是在这里，我只要说在这种情况下顺势疗法十分有效就足够了。按照医嘱处理不到二十四小时，肿块就裂开了，简·爱似乎也没什么痛苦。两天之后，已经侦查不到任何受伤的证据。我们很快就忘了受伤的是臀部的哪一边了，希望简·爱也是如此。

奶牛有喜好

"喜好"这个词关于帽子家族和博内特家族，还有博内特自己。博内特虽然是肥帽子的第十头小牛，却是家里最大的女儿，也不愧为一头奶牛。博内特喜欢苹果。很多奶牛都喜欢苹果，羊、猪和鸟也都喜欢，不过博内特以前经常毫无缘由地就想起苹果来了。她只要一看到我们，就会用眼神问我们有没有苹果，就算是一只梨也行。在她漫长的一生中，她用不同类型的瞪视来沟通很多不同的问题。

我们的拉克斯顿财富苹果和牛顿奇迹苹果都存放得很好，在一个通风的谷仓里高高悬挂的窄木条上一直放到三月，有时放到五月底。在冷库里也有放苹果的位置，这样一来就可以确保一年里有持续不断的苹果供应。因此，即使在草量稀少的月份里，博内特也很少会失望。不知怎么，她知道第一季的收成——伍斯特红苹果什么时候开始成熟。她会在那一天来到树下，向上够到低一点的树枝，把够得着的苹果都摘掉。五六个星期后，她又会驻扎在德比勋爵苹果树下，虽然这种苹果我们觉得很酸，但是对博内特来说都是鲜甜的。

其他奶牛都是一只接一只地吃苹果，可博内特能毫不费力地一次吃四只。奇怪的是，即便她的家人也都继承或者效仿博内特对苹果的热情，我们却没有把"苹果爱好者"的称号给博内特和她的家人，而是给了雅克和莫里斯。他们本来不太可能成为朋友，但因为经历过同样的不幸而走在了一起。

雅克的母亲珍宁和莫里斯的母亲烈日七世在两个星期之内都过世了。我们没有介绍这两个男孩认识，因为他们都有各自的朋友，也都有非常善良的姐姐，而且他们的年纪也相差了几个月，这对牛来说通常很重要。然而他们发现了彼此，并成为长久的朋友。在通常的照料之外，我们给了他们额外的关注，来帮助他们度过这段痛苦时期。我们采取的其中一个策略就是每天提供定量的苹果。他们很快就了解了这一点。只要路虎进入牧场赶牛，莫里斯和雅克就会运用一定的战略，走到比较能够吸引我们视线的地方。雅克后来学会了把头伸进敞开的车窗里，这样他的那一份苹果就不会错发到别的牛那里了。莫里斯更沉默一点，他会在车后徘徊，等待着被注意到。雅克是非常华丽的赫里福种食用牛，全身红色的皮毛，面部却是白色的；莫里斯是林肯红牛，虽然不显眼，但是很精明。不过，无论如何，"苹果爱好者"总是黏在一起。

眼神交流

要是不能随时插入关于帽子家族某个成员的故事，那关于这座农场的奶牛的故事就很难写下去了。一九九五年一月九日，我们把小博内特和她的儿子司马士、七月博内特和她的儿子JB，还有杂色博内特和她的儿子红朗姆带到农场的建筑物附近，好点一点公牛的数量，再由"政府来的人"读出他们耳朵上的数字。这样不经意就把七月博内特的妹妹圣诞博内特独自留下了，她身边没有家人，事实上连朋友也没有。第二天早晨，当我和母亲去纪念碑牧场喂牛的时候，圣诞博内特先是狠狠地盯着我，然后又盯着我母亲，一会儿走到路虎这一边，一会儿走到另一边，轮流注视着我俩。好几分钟后，我们才意识到她到底要告诉我们什么。我们理解了之后，就都向她道歉，并答应尽快送她回家。但是也没法立刻行动，因为我弟弟一整天都不在家，我们还有很多额外的事情要做。理查德那天晚上很晚才到家，他看见圣诞博内特和家牛一起站在院子里，而他知道她根本不属于这个群体。她的视线越过马路望向对面的畜棚。理查德向我们提起她在那儿，我们就给他解释了整个故事，意识到她要自己回家的话，需要成功越过三道树篱、栅栏或者说大门。家人一团聚，所有成员都得到了苹果当夜宵。

另一头牛黑温迪二世也通过瞪视得到很多，她后来被称为"友好的温迪"。在一个冬天，她看起来比平常瘦了一点，我们决定每天晚上给她加餐。她很快就学会了和挤奶人一起步行回家，不过有一次我们因为客人意外到访而耽搁了，平常喂食的时间已经过去了，我们还没有到。温迪就找到了一条路出了牧场，发现一个男人正在我们的农场小别墅度假，她就开始盯着他看。实际上，她一直尽可能地跟着他，看着他在花园闲逛的一举一动。这个男人后来向我们描述，他告诉她，虽然他不能理解她的心愿，但是会代表她去咨询相关部门。于是他步行了一百米来到我们家，温迪就跟在他身后。采取这个策略的结果是得到了现成的食物。温迪看透了这一切，自此以后每天都会来到我们的厨房窗户外面，静静地盯着我们，直到我们注意到她。

奶牛的记忆力

奶牛能拥有的最好的一个品质就是良好的记忆力。我当然是从人类的角度来说这句话的，但我敢说有良好的记忆力对一头奶牛来说确实非常有用。有时候因为工作的分配问题，我们中的某个人可能有好几个星期都看不到某一群牛，而家里其他人可能每天都看着某一群牛。不管分别多久，她们总能够分别记住我们。奶牛有她们喜欢的人，也有讨厌的人。绵羊也有持续很久的准确记忆，他们可以认识至少五十个同伴，现在这似乎是一个被普遍认同的事实。根据经验，我认为他们能够记住所有见过的人类。我所能看到的证据表明他们通过声音来识别我们，或许也通过我们的长相、走路方式，甚至是身高来分辨。

关于马

二十世纪六十年代早期，我们有两匹矮种马。年长的那匹是母马，更聪明，脾气也更倔。她饱受关节炎之苦。有一天，她四脚朝天倒在了壕沟里，绝望地卡在那里。不同寻常的是，我父亲那天刚好去了牧场，准备给那匹年轻点的矮种马钉蹄铁。这匹矮种马任由自己被套上缰绳，却拒绝离开牧场。他不断地拉着我父亲下坡，朝着壕沟那边走。这种极为反常的举动救了那个老姑娘的命，我们看到那片地几乎已经被年轻的矮种马踩得和壕沟一样平了，他非常努力地想靠着一己之力救出他的朋友，这让我们非常感动，也非常高兴。

关于绵羊、猪和母鸡的题外话

牛在我们的生活中扮演着重要的角色，而且他们的存在越是自然或野性，观察他们的行为方式就越有意思。同样，我们对于真正的野生动物和鸟类的观察会更有收获，不过我还是继续稍微说点题外话，讲一讲绵羊、猪和母鸡的事情。

奥德丽和西比尔是人工喂养的一对孤儿小羊。盖尔·埃尔斯佩思·罗西是一头猪，大家都叫她"猪仔"。他们都以自己特别的方式吸引人类的注意。一九八五年六月二十日，猪仔被放在鞋盒里送到这儿来的时候，只有一个月零一天大，从鼻尖到尾巴尖只有十八厘米长。而小羊奥德丽和西比尔是同年三月二十二日出生的。

猪仔出生在一座集约化农场，一出生就被扔了出去，因为"太小了，没必要花心思"。盖尔当时在农场工作，救下了猪仔，用婴儿食品把她喂大。她在自己的二楼公寓里照顾猪仔，她的那条阿尔萨斯犬也给她帮忙。不过，她深知猪仔最终体重肯定会及格，远在那之前就已经不能继续生活在楼上，所以盖尔趁着她们彼此还没有太过依恋对方，为猪仔找到了永久的家。通过我们共同的朋友埃尔斯佩思，盖尔联系到了我。

猪仔不喜欢从她那整洁的家里被带走，于是象征性地抗议了一整天，钻进一大堆稻草里面，不愿意出来（除了当我们不注意的时候，吃点东西喝点水）。第二天，她决定好好利用新环境，同意我们宠爱她、伺候她。她和我们一起坐在路虎里，绕着农场参观了一番，被轻轻地抬进抬出，在干草地里享受着巨大的乐趣，在翻得整整齐齐的一排排干草堆下面钻来钻去。即使三个月后，她已经长大了很多、也变得很重的时候，还是会非常热情地陪我们一起散步，就连上坡也跟着。不过在回家的时候，她会坚持让我们抬着回去。

猪仔和奥德丽第一次见面，是一次出人意料的对手会面。猪仔只有奥德丽四分之一大，奥德丽俯视着这头小东西，带着一种骇人的优越感。猪仔一动也不动。两个家伙鼻子对鼻子，互相瞪着对方，纹丝不动地僵持了两分钟，然后就互相信任了，很快就发展出牢固的友谊。她俩都从来没见过自己的母亲。

早晨，奥德丽经常去"喊"猪仔。奥德丽会用蹄子轻轻地踢打猪仔，喊她起床。如果猪仔先起来了，也会去找奥德丽，用头抵她，直到奥德丽也醒过来。接着她们一整天都待在一起，一起玩，一起吃草，一直待在樱桃树下。西比尔通常也会跟着过来。这种友谊一直持续到奥德丽生下布丽奇特和洛丽塔，却不知道该怎么办；猪仔也生下了一头小猪，一样不知所措。西比尔生下曼纽尔。这时，我们才意识到猪仔和奥德丽都深信自己是人类。我们花了很多耐心和花招才教会她们成为母亲，她们最后因为忙于照料孩子而忘了彼此。

在奥德丽漫长的一生中，无论什么时候认识她都是一件开心的事。她总是友好又热心，冷静又漂亮。要是我们不得不把所有的羊都带到畜棚，她就会跟在我们后面，像一条牧羊犬一样。如果我们不在，发生了什么让羊群恐惧的事情，比如说来了一条流浪狗，奥德丽就会通过那道奶牛过不去的窄门把整个羊群带回家。有时候，我们到牧场看她，她会非常礼貌地表明自己正忙于吃草。如果我们靠近她、抚摸她，她不会逃跑，但是可能会加快速度吃草，然后以比我们靠近她稍微快一点的速度远离我们。不过，如果我们真的有追上她的理由，那我们也能说服她站在那里不动。

我记得有一次，我们邀请了五十个八九岁的学生来这里度过一天，奥德丽一动不动地站着，允许孩子们同时抚摸她，直到他们感到心满意足。我们之前还害怕拥进这么多人会吓着她，不过她显然觉得出于这么好的原因放弃一会儿吃草的时间是很值得的。

西比尔很乏味。她是一只强健的小乖羊，不过，如果奥德丽是丹尼斯·波特编剧的电视剧《蓝色记忆山》①里的海伦·米伦，那西比尔就是她的朋友。奥德丽喜欢西比尔，对她也很好，但猪仔更有创造力，会是更好的同伴。猪仔和小羊只要想去哪儿就会去。小羊跳过花园的围墙，短腿的猪仔就推开大门。

----

① 一九七九年一月三十日在英国广播公司"今日剧"系列节目中播出。该电视剧讲述一九四三年一个夏天的下午，一群七岁的孩子在迪恩森林玩耍的故事。该剧最奇特的地方是，虽然里面的角色都是孩子，但都是由成人演员扮演的。

猪仔第一次产仔的时候，完完全全把自己当成了人类，这真的再一次让我们感到非常吃惊。她对小猪表现出的那种恐惧只是因为她从来没见过自己的孩子。她才几分钟大的时候，就从她的母亲和兄弟姐妹身边被强行夺走了，学会的都是她的监护人向她展示的行为。她是我知道的唯一懂得餐桌礼仪的猪——其他的猪都是冒着把所有东西撒了一地的风险，朝拿着食物和水的人冲过来，可是猪仔会静静地等着食物被完好地放进饲料槽才开始吃。显然，她意识到如果食物撒在了地板上，就没法吃了。猪仔虽然很快就学会了如何做她的十一头小猪的母亲，但也没能教会他们良好的习惯，甚至都没有做出任何尝试。

猪仔有一个外孙女叫露西。我记得她是如何让我们不再相信那个无稽之谈的。蕾切尔和露西正忙着开垦小果园，我在一旁无所事事地想着如果她们其中一头掉进了池塘，我该怎么做。我敢肯定不会有猪主动跳下去，因为他们生来就知道自己不会游泳，我从很小的时候就已经"了解"了这个"事实"。我本来应当去干园艺活，正一本正经地打算跑去找拖拉机和绳子。这时，我眼前的露西优雅地跳入池塘，游了两圈，微笑着从池塘里出来，抖掉身上的水，重新稳稳地站在了那里。我惊呆了。

有一天，我在厨房听见后门传来一阵砰砰的噪声，真是一阵很激烈的敲门声，一直连续不停地敲。我冲过去打开门，才意识到这砰砰声里还带着同样刺耳又持续的咩咩声。是奥黛丽在用脚踢门。一看见我，她叫得更大声了，接着跑下草坪，停下来，看看我，然后再掉头朝我跑过来，一边大叫，一边焦虑不安地向前跑，试图像灵犬莱西一样让我跟上。我们跑下草坪，跳过溪流，爬上河岸，我发现自己站在游泳池边上了，西比尔正一圈一圈地游着泳，除了游泳根本什么也做不了。我直接跳入水中去救她，用双臂搂住她，然后突然意识到之前她的毛是干的时我能抱得动她，可是现在毛全湿了，变得很重，我根本无法将她从半满的游泳池比较陡的那一边托上去。西比尔现在又冷又难受，不知道奥黛丽过了多久才决定来找我。我托着西比尔，尽可能地让她远离冰冷的河水，把她的身体放在我抬起的膝盖上。奥黛丽和我都开始喊我父亲过来，因为我知道他是唯一在附近的人。他就在一百米之外的车间里，正在喧闹的环境里焊接。我每喊一声，奥黛丽都跟着喊一声，有时候我们还会一起喊。最后，他终于听见了，火急火燎地过来帮忙。西比尔很快就恢复了过来，不过接下来的一天里我都觉得很冷。

有一次，也是唯一的一次，一只野鸭女士将她新出生的八只小鸭子放进了四分之三满的游泳池里，可是小鸭子们都太小了，根本无法出来。因为是野生的，所以她对人类非常警觉，她站在游泳池的边上，嘎嘎嘎嘎地叫。一开始对这样的噪声我们并没有重视，不过最终她那绝望的声音还是传到了我们这里，我们开始研究到底是怎么回事。她在原地坚守着。我带着相机，想着她们看起来多么幸福，这才四月，我都没有计划去游泳。最终，我还是不情不愿地下到游泳池里了，连衣服也没有脱。每次我伸出手想去救一只小鸭子，他就潜下水，用尽全力在水面下游到泳池尽头。等我到了那边，他又重复着这样的过程，游到了另一端。最后小鸭子累坏了，我也累坏了。我的母亲和他们的母亲都在等着呢。我母亲喊来了我的爸爸和弟弟，还带来了网球网。我们在游泳池里站成一排，把网球网的一边夹在脚趾里，另一边举在手里，慢慢地朝着我们的"猎物"前进。小鸭子一旦被逼得走投无路，就很容易捉住了。我们把小鸭子一只一只捞出来，我母亲接过去把他们的身体擦干，让他们恢复一下精力。野鸭耐心又温顺地等着，直到一窝小家伙又回到了她身边，然后领着他们走向没有危险的池塘边。

从此她再也没有犯过同样的错误，也没有其他鸭子犯过这样的错误。

在这本书后面的内容中，我会介绍一只年老的灰母鸡和她的保镖的故事。这种十分感人的情况相对来说经常出现，绵羊也扮演着保镖的角色。艾伦在十三个月大的时候就产下了一对双胞胎，她的两位年迈的姨祖母站在那里恭恭敬敬地守卫着，以防羊群里的其他绵羊靠近。

艰难的产犊——奶牛永远不会错

虽然有些奶牛在将要生产前会躲在农场较偏僻的角落里，但更多的奶牛会发现一些巧妙的方式与我们交流，寻求帮助。幸运的是，还有一些奶牛既不躲起来，也不要求帮助。留在记忆里的通常是那些比较艰难的产犊。

诺妮从高处的牧场下来，她的朋友们正在那里享用夏天繁茂的青草，她下来后就在畜棚的一个黑暗角落里躺了下来。这样反常的行为

足以引起我们的注意，我们开始思考到底是怎么回事。其实她还有两天就要产犊了，可是在那个阶段，外部的迹象还不是很明显，不过她觉得需要被我们注意到。她当然是对的。

奶牛对这种事情的判断从来不会错。

黑巴博是巴博夫人两个一模一样的双胞胎女儿之一，她采取了完全不同的策略来提醒我们。她也脱离牛群，在篱笆所允许的范围内尽可能地来到我们的房子旁边，然后在厨房窗户边来来回回地走。这里距离牧场大约有二十米的距离。她这么害怕是有原因的，小牛位置不好：前后反转，上下颠倒，还有点倾斜。

希波吕忒有两个原因值得我们同情。第一个是她需要我们帮助她产犊，但是更重要的是，这是她漫长一生中的第一次，也是唯一一次不得不依赖人类的帮助，更不用说还要想出一个合适的方法与人类交流了。只是在她长大的过程中，从来没有人教过她这一点。无论在她还是在我们的记忆里，她的整个家族都极其独立。她的家族成员都比较高大，有着斑驳的枣红色和白色相间的脸庞，他们非常温顺，互相关心，但是套用一句老话，是"和人类完全不同的物种"。她实在是不想请求我们的帮助，不过最终她还是找到了一种方式。她在附近闲逛、徘徊、挡住去路，还会异乎寻常地友好和配合。这自然引起了我们的怀疑。我们尽力让她放轻松点，我们知道她的骄傲是非常重要的。她的产犊过程比较棘手，但好在没有太多痛苦。帮助她生产之后，我们试着像以前那样忽略她的存在。尽管如此，我们还是在偷偷盯着她。她并不知道这些，但是也不再需要我们了。

奶牛也并不只是在要产犊的时候才会寻求人类的帮助。

我们开始运行单独哺乳系统已经超过三十四年了，有很多奶牛会过来"请求"挤奶，这可能是由各种不同的原因导致的。有时候是因为"青少年"小牛可能热衷于吃草，对吃奶没有什么胃口；春天，青草特别富足，很多奶牛会分泌过多的乳汁。这两种情况要是同时发生了，那奶牛就更需要挤奶了。有些奶牛甚至更聪明一些，如果得了乳腺炎就会寻求帮助，其他奶牛则会默默忍受。

迪兹和她的家人

一九六六年夏末，我的父母去了迪恩森林旅行，接一头两天大的小奶牛。这头小奶牛是一个男人送给他们的，他们已经从他那儿带回来五头牛了。我父亲给她起了个名字叫"折扣"。折扣蜷缩在蓝色福特科迪纳的后座上，在回家的路上一直很乖。我的父母将晶体管收音机举到车窗边，费力地听着国际板球锦标赛。比赛正值激动人心的最后一局，我觉得是英格兰队的约翰·斯诺和肯·黑格斯上场了。折扣即将建立一个庞大的家族。起初她只有女儿，她的女儿又生了女儿，因此折扣家族的成员不断增加。直到今天，在我们的牛群里，她的直系后裔至少还有二十头。

其中一个后裔就是迪兹。迪兹的第一头小牛叫奥莱，成了我们的种公牛，从几周大的时候就开始从杰克那里学习技巧，而杰克现在有点老了。奥莱外表俊美，和他的母亲一样生性善良，不过他一直很开心，不像杰克那样敏感。奥莱和迷你先生刚好同龄，他们都想成长为杰克那样的牛，因为杰克不但被人类所喜爱，也受同类欢迎。在长相上他们都没有希望像杰克了，因为杰克是毛色如墨汁一般的威尔士黑牛，而迷你先生有一半的林肯红牛血统，奥莱是奶油色的夏洛莱牛。不过他们能够效仿杰克的都尽量效仿。在这样的错误观念引导下，他们认为杰克应当教他们打架，因此一直缠着他，同时还攻击他，撞他的腿或垂肉，这让杰克想起让他浑身发痒的苍蝇。杰克只是漫步着，吃着草，这对讨厌鬼就在旁边推推撞撞，跳来跳去，玩了一个又一个小时。直到最后，有些恼怒的杰克会看到他们半推他一下或者瞪他一眼，一起走开了。

迪兹的最后一头小牛迪兹二世的故事值得一写。迪兹二世在六个月大的时候，就获得了"保镖"的称号。她那二十岁的母亲开始遭受膝关节炎之苦，脚上也开始有裂纹。因此，牛群长途跋涉的时候，她不愿意跟随，而且患处也需要擦药。我们一天要来看她好几次，给她的腿上涂药膏，脚上涂亚麻油，提供她喜欢的食物，好让她不要走太多路。在这之前，迪兹二世平均每天只能见到我们一次，即便那个时候我们也没有对她的母亲多加注意。这前所未有的频繁拜访引起了她的疑心，无论她在多远的地方，无论是在吃草还是在和朋友玩，每次只要我们开车过来停在她母亲身边，年幼的迪兹就会立马放下手头的事情飞奔过来核实情况。年迈的迪兹因为受到关注而感到很高兴，而迪兹二世就在附近徘徊，心无旁骛地看着我们，直到我们驾车离开，她才会继续先前的活动。

这里每天都会发生一些事……

不过有很多事，我们难免没有注意到。

伟大有一个先决条件，或许就是苦难。那些经历过战争、意外、失去、贫穷、饥饿和压迫的人会被激发出人性最好的一面。那些没有杀死你的，必定从你内心深处激发出善良、力量和耐心。在牛的世界里也是如此，苦难将会激发出个体最好的一面。

你可以说黑阿拉明塔只是一头普通的小奶牛，和其他奶牛并没有什么不同。事实并非如此，不过直到她面对困境的时候，我们才意识到她内心的样子。

她摔断了一根腿骨——这非常幸运。虽然用"幸运"这个词好像有点奇怪，但是她当时距离我们的房子只有三十米，看护她的工作就变得容易多了，不然会很难办。

当其他所有奶牛都一边吃草一边来到相邻牧场的时候，我们发现只有她站在原地。她看起来一点也不痛苦，只是一动不动，而且在接下来的六个星期里都没有移动过位置。她依然积极地吃吃喝喝，可以躺下来也可以站起来，但是没有尝试前后走一走。

和大多数其他动物一样，黑阿拉明塔对善意的举止有良好的反应。我记得有一个例外是她最小的牛犊吉米娜，两个月以来我们不得不控制着她，以便给黑阿拉明塔治疗伤腿。吉米娜从来不——我是说从来不原谅她认为是侮辱的无礼行为。

有些动物喜欢被伺候，就好像这是他们应得的一样；有的会充满感激；还有的明显感动又惊讶。不过，一旦形成了梳洗或犒劳的惯

例，治疗过程也就变得轻松了。我们之前对黑阿拉明塔并不是很了解：她看起来极其独立和能干，之后也是一样，不过在她康复的那段时间里，她对我们是绝对信任的。

事故发生后的六个星期，她走了十米上坡路。我们没有亲眼看见。我们把她的水桶也拿上了坡。第二天，她朝着同一个方向，又走了五十米，水桶也跟着被拿了过去。第三天，当我们过去看的时候，她已经消失不见了。我们在一个舒服的浅坑里找到了她，那个浅坑在一对姊妹橡树的阴影下，已经是几百米之外的地方了，而且她还不是独自在那里。

她在毫无帮助的情况下产下一头奶油色的小奶牛杰姆。她舔舐着她，给她喂奶。我们走过去祝贺她，同时检查了一下她的状况，也就是在这个时候，她清晰地表明了那段信任和依赖的时光走到了尽头。"感谢你们为我做的一切，但是我没有要求的话，别再过来帮忙了。"她仿佛这样说。

我们照做了。她每年都产下一头小牛，难得才会要求或者接受我们的帮助：有一次乳头沾了泥巴需要清洗；有一次奶水太多，而小牛太小了喝不完；还有一次是脚里硌了一块石头。其他时候，我们这头温顺、听话、从不抱怨的病人就会成为牛群中的总理：从来不承认自己犯错或者彻底转变；从来不容许任何喜爱，但是得到帮助的时候又非常有礼貌。

一年中，所有的牛至少都会被照看一次，要是有哪一头要产犊了，我们就多看几次。黑阿拉明塔每天至少会有一个吸引我们注意的机会，而且，就像所有的牛一样——即便不是所有也是大多数，她知道我们住在哪里，在需要的时候总会来我们家。要是她需要什么东西，只要我们一进牧场，她就会踏步过来迎接我们。我们从一般规则判断，这不是因为她想被抚摸。通常只需要几秒钟，我们就可以分辨出哪里不对头。

我突然想到，那些最友好的、总是要求深情关注的奶牛，当真有需要的时候，是否会更难沟通。从现在起我要留意一下。

身体沟通

奶牛通过脑袋的动作来传达各种各样的信息。这些动作在迎接一个人或者一只动物的时候起着重要的作用。当她们把头伸向前，嘴巴朝上的时候，我觉得她们是在使用嗅觉。我从来都不能确定嗅觉在一头奶牛的日常生活中会起多大的作用。当然，如果一个人喷了香水，她们就会表现出强烈的反感。不过，我从小就被告知这样一个"事实"：牛是色盲，仅凭嗅觉认出彼此。我很确定，这完全不对。我注意到要是一头小牛睡着了，而她的母亲沿着牧场另外一边吃草去了，迟早她们中的一个想要团聚。如果奶牛做了这个决定，她会环视四周，注意各种各样的畜群，然后总会朝着与自己颜色相同的那个牛群走去，即便最终决定可能是通过嗅觉或其他方式做出的。我同样注意到，小牛也会朝着正确颜色的牛群走过去。

爱的舔舐和视线相对的询问神情可能伴随着一个问候。像吉米娜这样的牛遇见所有人都会愤怒地摇头，如果任何人靠得太近，她们就

会用头撞你。这是一个警告：她们接下来不会进攻，不过要是你对警告置之不理，她们就会更加坚持。

牛群中所有的成员都用头来迎接、认识并接受每一头小牛的到来。只用在非常近的距离简单迅速地凝视一眼，就代表新来的小家伙在出勤登记簿上签到了。

脑袋可以击退不必要的注意，也是传达爱和关心的载体。互相梳洗是一个重要的活动，奶牛要求群体里其他成员表达这种关心的方式非常有意思。

关于梳洗的说明

梳洗是一个很大的主题，也是非常重要的主题。目前农场里只有一头奶牛不喜欢被我们梳洗（不是吉米娜），所有其他牛，就连脾气最坏的那些，也都喜欢被梳洗。我们的动物都喜欢干干净净，如果出于某种原因，她们不能够维持干净的状态，就会变得很沮丧。

七月博内特最近产下第九头还是第十头小牛（因为记事簿没在身边，所以我也记不太清了）的时候，子宫感染了，好些天都不太舒服。这段时间她没有精力梳洗自己，我就承担了这个任务，她也完全满意。七月博内特是一头很高大的牛，直到开始为她梳洗，我才意识到工作量有多大，但又不能半途而废。大约一周之后，我们形成了惯例。有一次，她吃着干草突然停了下来，接着我听到一种奇怪的噪声。那是一种非常满足的鼾声：七月博内特完全沉浸在被梳洗的快乐之中，甚至睡着了。

奶牛会为她们的小牛梳洗，要是奶牛上了年纪，小牛也会为她们梳洗，但很多每天互相梳洗的动物之间其实并没有明显的联系。如果一头奶牛向另一头奶牛低下头，弓起身子，显得很顺从的样子，总能就此得到被梳洗的机会。（不过如果她们把头低在同样的位置，但是肌肉紧张，弓起身子随时准备跳起来，那就是一种攻击警告，不仔细看是很难区分开来的。）所有动物不用回头就知道身后是敌还是友，我想这也不足为奇：我们在学校操场的时候，也能感觉到靠近自己的是朋友还是敌人。

你如果带着一把刷子，随时准备为奶牛梳洗，那么将会带来意想不到的巨大收获。梳洗对不安的个体有镇定作用，除此之外，如果奶牛的脚里卡进了什么异物，那么梳洗带来的惊喜和满足就为清除造成不便的异物创造了机会，不然，回家的路将会漫长而痛苦。

虽然有的孩子，比如迪兹二世，会照看他们的母亲，但是其他的孩子就比较自私了。一个多月来的每一天，我都看到厨房窗户外面有固定的动物在梳洗。只要天气好，劳拉就会带着儿子从夜晚的住处出来，在我的视线范围内停下，细致地为儿子梳洗一个半小时。她为儿子梳洗完后，也要求儿子为她梳洗。儿子努力拒绝，通常都会成功。

劳拉低下头，轻轻地推着他，你几乎可以看到他脸上怀疑和厌倦的表情。要是他移开了一段距离，她就把头伸向他那儿。偶尔，他会舔她两下，然后停下来。她试过各种策略，可他还是不动。过一会儿，她会顶撞他的垂肉，更用力地推他。他又舔一下，然后请她再为

自己梳洗。起初她会拒绝，但是最终总会屈服。这种表演日复一日地上演着。

关于牛奶的几句话

和人差不多，小牛和奶牛也在各方面都不同，比如生长速度、性格、机灵度和感情。有一个非常有趣的因素可能影响生长速度，那就是不同奶牛产的奶的味道大不相同。当然这可能根本没有什么影响，但还是非常有意思。

我们因为在食物方面很大程度上都是自给自足，或许能够比小牛更多地注意到牛奶的味道。小牛通常只喝一种牛奶，而我们会品尝很多种牛奶。众所周知，不同品种的奶牛产的奶有着各自独特的味道和品质。饮食的改变也会影响牛奶的味道。不过也存在与生俱来的差异，我们发现即使是同样年龄和品种的牛也会产出风味迥异的奶，乳脂含量也千差万别。我们把屋里的牛奶罐都贴上奶牛的名字，而我们每个人都有自己特别的喜好。

小牛的游戏

在这些故事中，可以显而易见地看到奶牛的性格差异，不过我们还没有讨论过非常年幼的小牛的行为。莫西二世是莫西盼望已久的女儿。莫西是莫兹最小的女儿，是一九六九年出生的一对双胞胎之一。莫西二世在小牛游戏发明领域是天生的领袖。名特先生、桃乐茜和西尔都是一九九四年十二月出生的，但莫西二世一直到一九九五年二月二十二日才加入这个帮派。这"三牛帮"没完没了地追求着快乐，即便在最寒冷刺骨的天气也会玩倒立、跳高和跳远，来与他们无聊的、正吃草的母亲做斗争。而这一切就在那片新围起来的小围场里上演，我们都可以从厨房的窗户瞥见。我们天天发誓一定要买一台摄像机，但是随着一天一天过去，小牛们渐渐放慢了速度，不再长时间地玩耍，而是会花更多的时间吃草。后来莫西就出现了。她那小小的暗金色的女儿昂着头，除了奔腾简直不会走路，她想向其他牛展示到底什么才是真正的速度。她的英勇和热情感染了周围所有的牛，"三牛帮"被注入了新的生命，每时每刻都有全新的、令人惊叹的游戏被发明出来。

随着小牛年龄的增长、真正需要花更多的时间吃东西的时候，他们养成了在黄昏玩游戏的习惯。这股冲力有时候会席卷"青少年"，有时候还有"老太太"。夜晚，我们曾看到小牛在跟一只狐狸玩耍，追逐野鸡，组织"跑到你母亲那儿再回来"热身赛，最终的冠军会获得绕牧场边界领跑一圈的荣誉。那些年有很多团队领导者：猎齐尼瓦、依莎多拉、卡佩特、安妮、长毛恶霸、杰克，还有很多追随者。

新月和满月的轮转意味着一个又一个月迅速过去。金色贝琳达刚刚产下黑色贝琳达，不过目前为止还没有跟她说一句话。我们再一次需要担起责任，开心地为小牛提供所有的慈爱和梳洗。她的母亲只需提供牛奶，小贝琳达在母亲忙着吃草的时候偷偷从身后吃奶。有时

候，她看到我们手里拿着梳洗的刷子过来了，就非常兴奋，欢蹦乱跳起来，太忘乎所以了，以至于从我们身边跳了过去，然后突然想起来，又赶紧冲回来。

母鸡也很喜欢玩，不过我过会儿再写这个。现在我必须写写阿米莉亚了。

阿米莉亚

阿米莉亚是一头非常讨人喜欢的小牛，比我们所能想象的更信任我们，也更理解我们，而不夸张地说，她的母亲并不是很友好。从第一天开始，阿米莉亚做什么事情都很慢。她似乎总是深思熟虑。当大门敞开、她的同龄人都急切地冲出去冒险的时候，阿米莉亚不慌不忙，等她想出去的时候才出去，其他牛可能都已经快看不见了。她把每件事都记在心里，这一点是我们后来发现的。

我可以写满一百页纸，列出阿米莉亚生活中的每一个细节，就算是这样，或许仍然无法呈现她哪怕一半准确的影像。她不得不面对命运的波折，在产下一对死去的双胞胎之后，她的悲痛比我们所目睹的更严重。她每天都需要挤奶，在接下来的一年里，她和我弟弟发展出一种非常强烈的友谊，因为我弟弟每天竭尽所能地安慰她，转移她的注意力。她一直都很忠诚，无论是对我还是对我弟弟，即便我只在她看起来好像需要关爱的时候才会给她关爱，而我弟弟理查德无论她需不需要都会给她关爱。

内尔产下一头漂亮的赫里福德小牛，理查德完成职责后，径直走过去和内尔去年产下的那头小牛聊天，好补偿补偿他，因为他现在已经不是母亲关注的重心了。我母亲看着这一切，注意到阿米莉亚也在看着这一切。当理查德和纳尔逊讲完话，我母亲告诉他，阿米莉亚也一直在看着，有点嫉妒的意思。理查德径直走过去向她道歉，可是他一走近，她就把头抬得高高的，非常生气，然后转身背对着他走开了。理查德就在后面跟着，抱住了她的脖子，给了她一个坚决的熊抱，然后伸出手与她和解。阿米莉亚犹豫了片刻，然后舔着他的手，有点怒冲冲地叫了几声，他被原谅了。

阿米莉亚产下死去的双胞胎之后，乳房里有太多奶，为了自己舒服点，她需要挤奶。理查德大多数日子都不在家，阿米莉亚非常开心我每天晚上能把她带到我们的房子附近。不过有一次我们来到山脊上俯瞰农庄的时候，她停下来，坚持停留在原地，直到理查德回来。她吃着草，和朋友聊着天，不过一直留意着理查德那辆红色的汽车。一旦理查德的车开上了农场的路，阿米莉亚就慢慢走下来，在院子里等他。她从来没有把其他任何红色的车误认成他的。

阿米莉亚

耐心、忠诚、懂事的阿米莉亚。
骄傲，强壮，机灵，聪明，
能干，可靠，一点也不自大。
有无尽的时间来爱你的孩子，

当我们值得被爱时，也爱着我们。

从失去之痛中诞生高贵和勇敢，

且很快就再度充满感恩和快乐。

直背脊，大口鼻，宽额头，

明亮的眼睛，强壮的四肢和完美的乳房。

符合所有传统的技艺要求。

很受喜爱，也充满爱心。

交朋友，开玩笑，发脾气，

解决问题，抢占风头，

教育后代，有时简直聪明过头。

评估性格，区分人类，

从来都不是受苦的傻瓜。

倘若人类的干预没错，

那就坚韧，勇敢，顶住或者前去抱怨。

从不自负，默默无闻。普普通通，

可对于我们来说，你出类拔萃，

从一千多米以外，

就欢迎我们来到你的世界。

母鸡爱玩

母鸡爱玩。实际上她们除了吃以外就只剩下玩，当然吃仿佛也没有停下来过。她们享受每一件事，唱着快乐的小曲，总是充满乐趣。从早晨被放出去，她们就开始了冒险。啄着食物在畜棚里来回走，转圈或者从这头走到那头，啄着一捆又一捆干草，绕着圈或者俯在上面，跳到自给青贮饲料（就是字面意思）上面，在午后到近傍晚停下来，在厨房窗户外面的墙壁顶端一字排开，沐浴着阳光，或者在一丛灌木下沐浴灰尘。然而，她们并不是特别喜欢下雨。

冬天，路虎载满干草，母鸡们竭尽全力想要搭个便车。她们知道这样做其实不应该，所以就假装漠不关心地在车轮旁边啄食，等着我们转过身去的机会。某只母鸡会试图跳上车，然后藏在干草里面。有一次引擎发动后，一只母鸡侥幸成功了，不过我们没有听到胜利的歌声，直到卸下干草的时候才发现，那已经是离开牧场几千米以外的地方了。她带着一捆干草滚了出来，风一会儿往这边一会儿往那边击打着她。好奇的奶牛们围了过来，绕着她围成一个圈，不过她一点也不怯懦。我把她拎起来，提到车厢前部，她在座位上站着，环视四周，仿佛是因公务驾驶出行的女王。我继续分发干草，然后发现一颗蛋。

母鸡喜欢人类的陪伴，而且我们的母鸡讨厌无法加入明显有意思的谈话。有一次，我们这儿来了一大群法国农科学生，他们围成一圈学习轮作。母鸡感觉被故意排除在外，被推入混乱局面的中心。她们伸展身体，好让自己看起来更高大、更可能被注意到，并试图参与讨论，当然她们唯一知道的方法就是大声歌唱。

母鸡还有另外一面

有一天，我发现老灰母鸡躺在地上无法动弹。狐狸吃掉了她的两个朋友，把她的腿也弄伤了。我们为她进行了药物治疗，并替她的腿缠上了绷带。接下来的三天里她什么也没有吃，无论食物有多么诱人，她都只是频繁地呷一点点水。第四天早上，她吃了一块面包，从那时起，她就再也没有回头，享用着我们能想象到的所有美味：树莓、奶油、黄油、奶酪、小麦、大麦、牛奶、油脂（她的最爱）、熟牛肉、葡萄干，等等。在头四天里，我们的另外两只母鸡举止如此真实、忠诚、无私，而之后的一年多也是如此，我们对此感到非常惊奇。

这两只母鸡成了她忠实的保镖，当我们提供食物的时候，她们会站在旁边，直到她享用完，自己才去吃。她们会四处走动，啄食着，调查着，但是每隔几分钟，其中一只或者两只一起，都会回到灰母鸡身边看看她是否一切安好。她们把嘴放在她的嘴边上上下下地轻轻移动着。她不介意她们享受自己的快乐，不过一旦她们完全不在视线范围内了，她就感到非常不安。这两个朋友是同龄姐妹，比这个"残疾者"年轻了十二岁，在这只老母鸡遭遇外伤之前，对她并没有非常友好：她是真正的幕后操纵者，或许她们在一定程度上是被她管束的。不过，当她不再能够照料自己的时候，她们就完全变了。

在这段时间里，她一动不动。她整天坐在花园里的一只干草窝里，晚上就睡在围栏里的另一只干草窝里。她学会了如何要求别人把她带到不同的地点，她只需要把脖子朝着她的朋友离开的方向，看着

我们，并用和平常不一样的、清楚明白的声音来"说话"。

除掉绷带的这一天，我们大吃一惊：她的脚竟掉在了我手里。然而不知为何，这只母鸡看起来大大地松了一口气。绷带里无菌的环境让她的残肢能够完美愈合，她在坐卧两用长椅上换上了新的绷带，就立刻走开了。我夸张了——她一瘸一拐，但非常开心能甩掉腿下面的累赘。她用翅膀保持平衡，可以随意地到处移动，不过一开始上台阶的时候还是会要求我们把她抬上去，好穿过马路到床上睡觉。几周之后，残肢末端变得足够硬了，她就有自信自己穿过混凝土马路了。有时候我们还没想到要插手，她就冲过去了，但有时她会待在柔软的草地上，"要求"我们某个人把她带过去。她知道她可以信任谁。

养母鸡很多年之后，我们终于有机会参与母鸡的日常生活了。在所有的农场动物中，如果拥有足够的自由、能够获得各种各样的食物和大量干净的水，母鸡通常都是最独立的，而且她们也很高兴如此。然而这三只母鸡学会了如何"利用"我们，这让我们很高兴，也让她们获益匪浅。

这个故事发生在春天，等灰母鸡能移动了，夏天也不远了。她讨厌错过任何东西，但每当下雨时，她都会躲在花园的吊床下面。要是雨下得很大，我们就把她带到屋里。她的朋友们都知道她去哪儿了，就像往常一样做着自己的事情。不过，到了睡觉的时间，如果她没有出现，她们就不肯穿过马路到床上去。

灰母鸡很快就接受了这种状况：下雨就等于监禁。我想她实际上很享受这种舒适的生活。到现在为止，她一直像一匹马一样吃喝，除了从容器里啄食小麦的时候会发出噪声，通常都非常安静，直到准备回家的时候。如果某个人就在旁边，她只需要开始朝着门口行动，就能够表明自己的想法。然而，如果没有人在附近，她就会运用所有能够想到的策略来引起我们注意。

她会先试试她那种特殊的声音（她已经放弃了唱歌）。有一次，这种方法失败了，她就侧身到炊具下面的金属炖锅抽屉那儿去，用嘴啄得越来越响，直到我们听见。我们就再也不会让她继续等着了。

灰母鸡享受着所有的东西。她贪婪地吃着草坪上的青草，探查着玫瑰花坛，或者在里面打盹，还有除草。她的朋友们用脚抓挠着土地，找到什么就吃什么。即使有时候她的朋友们忘了要礼貌地对待食物分配，她也总是能够用眼睛或嘴迅速地打败她们，哪怕她们还能跑。

灰母鸡苗壮成长了二十个月，然后到了我们都在等待的那一天。她早餐吃得不多，午饭时却没什么胃口。她似乎失去了平衡，垂下了头。她在两个好朋友和两个新朋友的陪伴下去世了，这两个新朋友是我们在她受伤后几个月买回来的。

母鸡是否会伤心，这个问题我们以前从来没有想过。答案是会。我们想知道这两个保镖是不是会想念她们的老朋友。不过在接下来的几天甚至几个星期里，我们发现其实包括两个新朋友都受到了影响。

夏天，所有母鸡看起来都很高兴，然而现在我们知道她们为了适应灰母鸡的能力而限制了自己的活动。她们都变成了懒虫。

在灰母鸡去世后的最初几天里，四只母鸡每天晚上刻意聚集在鸡圈里"她"的那个角落。大约过了一周，她们进行了春季大扫除，我们惊讶地发现那只窝连同下面的麻布袋都被清理掉了，整个角落都焕

然一新，收拾得干干净净。她们都变得沉默寡言，有一阵子都不愿意和人类有什么交流。她们吃得也明显少了。

慢慢地，她们才恢复积极活跃的生活，一天一天地变得更有冒险精神。我们会在异乎寻常的地点发现她们：在池塘下游的岸边，在院子里和奶牛待在一起，或者在下面的猪圈后面。每一天，她们都漫步得更远一些，虽然我们能够肯定她们已经愉快地适应了花园的环境。三个星期后，她们开始下蛋，恢复了对人类友好的性格，喜欢熬夜到很晚，在鸡圈里聊天、吃饭、玩耍，至少比以前老母鸡在的时候要多至少四个小时。

再说说阿米莉亚

阿米莉亚是非常重要、非常特别的动物，值得再说一说。

她在很小的时候，劝说一个有着自己特有的顽固性格的农场工人，让他喜欢并享受奶牛的陪伴。最终她达到了这个目的，而那个工人也非常高兴。

这个工人被教导要粗暴地对奶牛说话，要催促她们，让她们知道谁才是老大；事实上，他还被教导要害怕她们，但永远不要承认。他第一次来到这里的时候六十二岁，来帮忙做一项特定的工作，不过他还问我们有没有其他兼职。他是一个技术娴熟的园丁，所以兼职的日子一直延续了很多年，我们一直互利互惠。

有一天，当一群奶牛和小牛（一九八九班）白天出去闲逛的时候，他来"帮忙"了，以一种匆忙、焦虑而又盛气凌人的方式。我告诉他，他可以让阿米莉亚自己找到去牧场的路，因为她喜欢研究沿途中所看到的一切：石头、灌木、兔子、人、车、母鸡，还有花朵。过了很久，他的惊讶才开始平复下来。当我补充说，如果他乐意的话，可以轻轻抚摸她一下，他也没有立刻去做，但过会儿又回来了。那时她只有两个月大，但是他们的友谊就此产生了。在接下来的几年里，他开始欣赏整个牛群的成员，把他们看作各种各样令人满意的个体。

为了保持完整的历史准确性，我必须再提一件和阿米莉亚有关的事情。

阿米莉亚十一岁那年的冬天，我发现她独自待在十六个又大又圆的干草包旁边。很可能大门一直开着。她并不会因为破门而入而受到指责，但我需要在她把一切夷为平地之前把她弄走（只要有这个机会，摧毁干草包是牛科动物最喜欢的游戏）。或许因为刚刚到达这里，她一点也不想动，但是她面对礼貌请求的顺从本能一下蒙上了阴影，我可以看到大约有一分钟她进退两难。可以确定的是，她设想移除通往快乐的障碍——也就是我，用头把我按在墙上，或许能跟我讲讲道理。她是一头又大又壮的奶牛，我们各自都坚持着自己的立场，彼此看着对方。我无路可逃，吓坏了。我咆哮着让她服从，幻想我可以看到她的思考过程。她细细考虑了自己的选择，决定不造成严重的身体伤害。她脸上的生气表情放松了下来，转身走出了畜棚。我立刻给了她一把她渴望的干草，她又完全恢复了老样子。

关于鸟的简短说明

所有的鸟都是快乐、聪明的动物。以我的经验来看，他们似乎都会从错误中吸取教训，而且大多数从来都不会犯错。鸟总是能够超前判断出天气的变化，甚至比气象局还要快。

我们能够近距离地看到他们学习的过程——或者说这是进化适应的一部分吗？冬天，我们在小小的圆塑料杯里放上面包碎屑，倒入融化的脂肪，等凝固后，就把杯子倒挂在薄薄的豆藤上。

蓝冠山雀没几分钟就能学会如何吃到里面的东西，很轻松地倒挂着。消息很快就在其余的山雀中间传播，沼泽山雀、褐头山雀、煤山雀和大山雀都来到杯子周围。所有山雀都在很短的时间里想出了满意的食用方法。而苍头燕雀，刚开始很生气。他们对着杯子大喊大叫，似乎期待着解决方案自己冒出来。过了一会儿，他们决定从最近便的车轮棠的大树枝那里将自己侧向发射过来，如果幸运的话，会吃到一点。过了一两个星期，他们突然想到要去模仿蜂鸟，在接近杯子的时候把嘴伸得长长的，翅膀拼命迅速地拍打着。这种技术最终会变得完美，这个"新"物种成为一只有规律的、成功的饲料容器。

接着斗智斗勇的是知更鸟，我们给予了他们密切关注。他们试了一次又一次，想长时间悬挂在杯子下面，好吃到里面的食物，但结局非常不幸。我们当然也供应更多容易得到的食物，知更鸟和其他鸟类一起分享着，却心不在焉，因为他们还在苦思冥想该怎么解决杯子的问题，起初杯子放在那里只是为了保证至少有一些食物没有受到喜鹊、寒鸦和松鸡的污染。知更鸟能够想到的最好的办法就是在杯子下方的空地上把自己紧紧扭成一只小球，然后垂直向上跳起，攫取一点点食物，再立刻给在下面等着的不那么聪明的朋友。这种间歇性的跳跃断断续续地持续了几个星期，然后完全停了下来。直到五月，当寒鸦着迷一般喂养着他们的孩子时，其中一只小家伙学会了如何爬上豆藤，侵占其中的食物。差不多同时，一只狐狸也决定参与进来，直接把杯子整个拿走了。

自我药疗

我之前草率地写过"顺势疗法……在我们作为农场主的一生里值得用一整章来叙述"，现在要修改一下。当我们对于大多数的研究对象都保持着开放的态度、很少以非黑即白的态度看待事情时，顺势疗法其实还没有在我们的农场技术当中发挥很大的作用。

坚持单一的方法治疗生病的动物，无论是采用所谓的常规现代药物还是顺势疗法的准备工作，草药、针灸或其他任何备选治疗方案看起来都不合适。我们试图通过提供良好的生活环境和饮食来维持并提升动物的健康和舒适度，不过，如果发生一些不可预见的事情，我们也愿意尝试各种各样的选择。要是需要，我们也会毫不犹豫地请来兽医开药方，以此减轻他们的痛苦。

很多科学家都对动物的自我药疗这个有趣的项目持怀疑态度，直到最近才有所改观。不过，我们在牧场观察到一些有分量的证据，不得不承认这种现象并不奇怪，而且常常发生。因为我们的动物能够自由地漫游，可以接触到各种各样的植物，也可以自取所需。

当然，动物会根据口味偏好和好奇心决定是细细咀嚼还是一扫而过。不过我们很确定，要是情况需要，我们的动物就会去寻找植物，来治疗或减轻任何疾病或损伤。

我提到过，奶牛和羊有时候会吃大量的柳树、异株荨麻、蓟和白蜡树。不论是什么树，要是倒了下来，牛就会很开心。我们看见过母鸡狼吞虎咽地吃毛地黄和大点的牛蒡叶子，她们也会在很长一段时间内戒掉这两种食物。小米草冲泡的花草茶极大地改善了我的听力，但是有将近三个星期都看不到丝毫改善的迹象。等待是值得的，虽然选择用现代药物直接"治愈"或缓解痛苦的方法非常吸引人，但我还是希望这是一个缓慢的过程，让身体自我疗愈的方法可能会更持久一些。

我弟弟理查德在《乡村生活》中这样写道：

> 任何开明的执业医师都会认识到现代兽医的错误，因为他们忽视了导致疾病产生的环境因素。这通常是跟养殖系统还有他们的财务压力相关的。兽医知道，如果一只病态动物受困于工厂化养殖系统，那给他们开出多呼吸新鲜空气、多锻炼这样的处方根本没有用。然而，大多数人之所以很难接受顺势疗法，是因为觉得这就是让他们相信药品的稀释度越大越有效。

他的文章是从一个怀疑论者的角度来看待顺势疗法的。因为这是合伙农场，在思考任何新点子的时候，我们都需要找到一定程度的共同基础。虽然如此，我们依然在一步步学习，见过一些惊人恢复的例子，也见过一些明显无效的例子。

然而我们也确实赞扬顺势疗法诊断的优点。比如，在同一种情形下，一头好脾气的牛可能会被提供一种配制剂，而一头坏脾气的牛可能被提供毫无关联的另外一种配制剂。这清楚地说明了顺势疗法能够把动物当作个体来识别和治疗。令我们非常担忧的是，大规模药物治疗在人和动物身上都被经常使用。疫苗被广泛使用，似乎不用考虑个体敏感性、免疫系统的状态，以及自然防御机制。

草药艺术学和我接触并不多的其他几种选择性的疗法弥漫着同样安心的氛围。无论有意还是无意，滥用现代药物的后果都令人担忧。可以肯定的是，如果没有各种各样的药物来保证这些可怜的家伙能够活下去，集约工厂化农场的经营就无法继续，而在这种体系之下就不用谈他们的生活质量了。

我们的动物费尽心思去寻找他们觉得自己需要的东西，我的意思是他们在寻找的过程中会从群体中走开。他们有时候走过水源充足的地方，来到一个位置偏僻的水源，这里的水含有特殊的矿物质，或者有完全不同的温度。

要是有选择，所有农场的动物对于所喝的水都会很挑剔。有些奶牛喜欢喝最纯净的水，会把嘴抬起来接瀑布或水管里的水，而其他奶牛会故意啜饮"死水潭里那层绿萍浮渣"（出自《李尔王》第三幕第四场）。有时候为了有机会到达喜欢的水源，她们会等上差不多十二个小时，期间一口水也不喝。

很幸运，我们这里有一条钙含量很高的小溪。小溪位置很高，以至于掉落进去的细枝和橡子最终厚厚地覆盖在一起，变成像骨头一样无法辨认的物体。还有露水池塘、水池和湖泊，就算是眼光最高的动物也能有完美的选择。

很多年来，我们很重视让访客有机会能品尝我们这里的牛奶和水，这往往会让我们得到一些意料之外的反馈。很大一部分人声称他们对牛奶过敏，但是在我们描述了我们这里牛奶生产的过程后，几乎所有人都乐意尝一口。还有一些虽然没有尝，但是要求带回家再试。我们建立了这样一个朋友群，这些人喝任何买来的牛奶都会过敏，但是喝我们这里的牛奶没事。从我们所有的观察来看，过敏很可能不是因为某种特定食物引起的，而是因为这些食物的生产方式，以及作为食物来源的动物和植物得到了怎样的治疗。

没有什么能够逃开这个现实：合适的食物是健康的起点和终点。托马斯·西德纳姆[1] 曾说："比起药典里的所有药物，我宁愿只给病人开纯净的空气、纯净的水和良好的食物。"一八六一年出版的《比顿夫人的家庭管理书》里有这样一句话："通过改善日常饮食，管家可以节约一大笔护理开支和医疗账单。"最近，辛迪·恩格尔在《野生动物的健康》中写道："人类的健康和我们吃的食物的健康直接相关……购买廉价的食物，其实是让健康冒险。"

但是一路走来，在某些方面，我们失去或者忽略了这个知识。饲养动物是且应当是依靠直觉的简单事情：乌鸫幼鸟需要蠕虫；狮子需

---

① 托马斯·西德纳姆（1624—1689），英国医学家，临床医学及流行学的奠基人。因重视临床观察而被誉为"英国的希波克拉底"。

要肉；牛羊需要草。然而，削减成本的巨大压力意味着农场主需要去国际市场上为动物搜寻最廉价的食料，而这些食料也经常是最不合适的。如果你给车子加错了油，那车子就不能好好地行驶，甚至会停下来。似乎人类或者动物吃了错误的食物所带来的影响要花更久的时间才会被发现，但结果同样严重，而且可能是持久的。

英国超过三分之二的农田是草地，其中大部分都不适合种植庄稼：在草地上养牛养羊是唯一能够得到食物的办法。我们不能吃草，可是这些土地只能种草。现在，可开垦的大片地区被用于种植作物喂养动物——至少是可持续的选择。草地能够储存碳，而耕作将碳释放到环境当中。

牛羊因为排放沼气而备受指责。在这一点上我并不专业，但是我注意到似乎没有人提起这一点：当草地被转化为农田的时候，灌木篱墙就会大幅度减少，甚至消失，这经常会导致用于制作篱墙的大型灌木也随之消失了。树木和灌木篱墙在自然保护中的作用大家都知道，但是它们对于碳储存也至关重要，这至少能够部分抵消排放的沼气。

如果消费者主动选择食用从百分之百草饲系统（更为准确地说是牧草饲养）中产出的有机高福利肉类，那么他们可以因此推动动物饲养方式朝着好的方向发展，这有助于提升他们自身的健康，也能提高动物的生活质量。这样的肉类通常会更贵，不过如果将所有的实际成本都考虑在内，其实更便宜，而且我们的田园风景也得到了保护。

我弟弟理查德在可持续食品信托机构工作。他们开展的宣传活动是为了让我们更能警觉自己为食物生产支付的很多隐形成本，这些成本通常是我们完全没有意识到的。一旦这些成本被社会和政府所理

解和认识，更可持续的食物生产和更严格的动物福利系统将会成为主流。

桃乐茜和她的女儿小桃乐茜

一般来说，奶牛二十四个月大之前是不会产犊的。而小桃乐茜产犊的时候才十五个月，自己还在吃奶呢。

早在我们意识到她怀孕之前，小桃乐茜就认定自己需要额外的食物。我们在各种反常的地方发现她正在吃干草。她个头小，又很干净，有一次她在一辆拖车下面孤独但很舒适地度过了一晚，这辆拖车上下都有干草，停在穿越农场的马路上，而其他所有的动物都被限制在牧场和畜棚里。

她显然极其享受这里，我们感到很开心，但是我们很难理解小桃乐茜是如何找到这里的，我们都在互相指责玩忽职守，忘了关掉大门。第二天，我们保证她在白天有充足的时间随时吃干草，晚上睡觉前，我们再三确认大门是紧紧关牢的。可是第三天早晨，我们发现小桃乐茜又躺在拖车下面了。

一直到两个星期之后，我才看到她是如何逃出去的。

桃乐茜家居住的牧场正门面朝马路，我们用绳圈挂在横木上缚牢，看起来扣得很紧，能够根据情况让门安全地打开，或者安全地关住。

小桃乐茜或许是看到我们如何关紧，又或许是看到我们如何打开

了。她用鼻子耐心地扭动绳子，把绳子扭到柱子的顶端，再把绳圈移走，把大门打开，然后门总会在她身后再次关上，这就是没有其他动物跟上来，而且早上一切完好的原因。

这个游戏太棒了，不能放弃。后来我们发现，她可以再推开门进去看她的母亲，然后再回到拖车那里。

二〇〇二年五月，小桃乐茜产下一头小黑奶牛。我们有好几天都焦虑不安，担心她太小了，无法处理好这一切，不确定是否需要对她进行剖腹产。结果一切都很顺利，她只需要一点点帮助而已。

接下来的几个星期里，我们所有人都大开眼界。

老桃乐茜在小桃乐茜产犊的时候也在场，就像几天前小桃乐茜也目睹老桃乐茜生下卢克一样。老桃乐茜给了她清晰明确的切实建议，她是能够想象到的最出色的外婆。

最初三四天之后，小桃乐茜没有足够的乳汁满足她女儿迅速增长的胃口，所以我们额外补充了一些瓶装牛奶，这是从其他乳汁比较多的牛那里挤的。

牧场里有草，桃乐茜母女整天像毛毛虫一样吃草，但还是需要把新来的小家伙带到家里，喂她一些温过、装进瓶子的牛奶。小牛很快就适应了这样的规律，但是她的母亲（从人类的角度来看还是一个青少年）觉得走回家的这段路实在是太无聊了，她想做的是在牧场里和她的朋友们一起吃草。

本来，没有母亲的陪伴，小桃乐茜是完全不愿意进屋的，所以老桃乐茜和卢克也进来了。我们没有考虑把"宝宝"独自护送回家的可能性，但是很快小小桃乐茜（还没有起名）显然很开心能和外婆一起回家。小桃乐茜维持着她原来的生活方式，她虽然很喜欢自己的孩子，但是也经常会完全忘记她的存在，把她留给外婆的时间越来越多。

在小小桃乐茜三周大的时候，她表现出超出年龄的智慧。她明白了自己为什么会到家里来，也非常高兴能够独自过来，就像一个被派去购物的小娃娃，手里拿着钱包和一张清单，交给街角商店的柜员。小小桃乐茜在晚上成了奶牛圈的一个固定成员，更喜欢和年长的家养奶牛一起睡觉，像成年牛一样从搁物架上吃干草，早晨去寻找她的母亲吃早餐。

渐渐地，小桃乐茜开始承担更多照料女儿的责任，因为她的产奶能力提升了。她们待在一起的时间越来越多，后来小小桃乐茜就会礼貌但坚决地拒绝瓶装牛奶。

接下来的冬天，二〇〇二年十二月，整个牛群每天被喂食干草的时候，这个俩牛组合在她们自己特殊的牛圈里茁壮成长。我们创造了一块极少有人进去的地方，用监狱栏杆一样的东西将它封锁起来，只有桃乐茜母女知道怎么进出。那里成了她们的秘密地点，她们想待多久就待多久。她们处在没有竞争、幸福的隔离之中，也可以随心所欲地选择加入其他牛群。

关于奶牛你应该知道的二十件事

1. 奶牛互相喜爱……至少有些是。

2. 奶牛互相照看孩子。

3. 奶牛会心怀怨恨。

4. 奶牛会发明游戏。

5. 奶牛会生气。

6. 奶牛可以和人交流。

7. 奶牛可以解决问题。

8. 奶牛可以结交相伴一生的朋友。

9. 奶牛有食物偏好。

10. 奶牛可能会让你捉摸不透。

11. 奶牛互相之间可能成为好朋友。

12. 奶牛可以很无聊。

13. 奶牛可以很聪慧。

14. 奶牛喜欢音乐。

15. 奶牛可以温柔。

16. 奶牛可以好斗。

17. 奶牛可以可靠。

18. 奶牛可以宽容。

19. 奶牛可以倔强。

20. 奶牛可以明智。

关于母鸡你应该知道的二十件事

1. 母鸡高兴的时候会唱歌，而且很喜欢听音乐。

2. 母鸡会为小鸡把食物弄碎。

3. 母鸡经常会咯咯叫，好让小鸡安心。

4. 母鸡会伸展身体，拍打翅膀，会飞，会跑，会划水，会晒日光浴。

5. 母鸡极其注重细节，会定期用嘴清洁和整理自己的羽毛。

6. 尘土浴也是清洁过程的一部分。

7. 母鸡爱探究。

8. 母鸡很活泼，无论什么天气总能自娱自乐。

9. 母鸡好交际，而且有很多种"说话"声音。

10. 母鸡忍受着严重的恐惧和震惊。

11. 母鸡对善良和关心有反应。

12. 母鸡喜欢吃各种各样的食物……

13. 还有纯净的水……

14. 还有（最好是）成熟的水果……

15. 还有肉，无论是生的还是熟的……

16. 有些母鸡喜欢芥菜类食物……

17. 所有母鸡都喜欢小麦和大麦，无论是整颗的，还是发了芽的。

18. 母鸡的食物中需要有沙砾。

19. 母鸡喜欢交朋友……

20. 有时候会蔑视新来的。

关于绵羊你应该知道的二十件事

1. 绵羊可以很友善，可以令人惊讶地富有同情心。

2. 绵羊可能非常聪慧。

3. 绵羊可能很笨。

4. 绵羊在感知到危险的时候总会往高处跑。

5. 绵羊很温和，没有攻击性。

6. 大部分绵羊都有长长的、毛茸茸的尾巴保暖。

7. 绵羊可以只吃草，但也喜欢其他食物，比如……

8. 树叶和苹果。

9. 绵羊厚厚的皮毛可以隔冷隔热。

10. 绵羊比奶牛、猪和母鸡更能忍受寒冷的天气。

11. 有些绵羊能够很好地集中注意力，可以看电视。

12. 有些绵羊会有蝴蝶的思想，可能引发事故。

13. 绵羊喜欢喝流动的水，不太喜欢静止的水。

14. 绵羊可以有很长的记忆。

15. 绵羊年幼的时候几乎一直在玩……

16. 老了以后有时候会假装打架。

17. 绵羊有几种不同的"说话"方式。

18. 绵羊喜欢新鲜的空气和风。

19. 绵羊可能很自负。

20. 绵羊可以充满深情……当然你不能糊弄他们。

关于猪你应该知道的二十件事

1. 猪活得轻松，喜欢舒适，睡很多觉。

2. 猪喜欢被伺候。

3. 猪在产仔前筑窝。

4. 猪喜欢把自己埋在稀泥里……

5. 等稀泥变干掉下来，身体就干净了。

6. 猪对于个人卫生非常讲究……

7. 猪总是保持自己的圈干干净净……

8. 猪是唯一把厕所建在圈外面的家畜。

9. 猪每天都"整理"床铺。

10. 母猪会为小猪整理床铺。

11. 猪需要干净的水喝，还需要很多的水洗澡。

12. 猪在高兴的时候尾巴会卷起来……

13. 不高兴的时候就不卷了。

14. 猪讨厌冷风。

15. 猪会被晒伤。

16. 猪非常强壮。

17. 猪通常非常温和，能交到很好的朋友，可是……

18. 如果遭到威胁或者挨饿，就会非常危险。

19. 猪需要各种各样有意思的食谱。

20. 猪总是选择最好的食物，如果有机会就会选择最有机的食物。